講談社文庫

小説

透明なゆりかご(上)

橘　もも｜原作　沖田×華｜脚本　安達奈緒子

講談社

小説

透明なゆりかご

（上）

第一章

「なんでこんな日まで……！」

必死で、自転車をこぐ。こぎすぎて、ペダルが私の足を追い越してくるくる回るくらい、強く。

昨日は早く寝たし、今朝は早く起きた。なんの問題もないはずだった。

だけど、蝉《せみ》が。

バイト先に向かう道すがら、ふと見つけてしまった蝉が。

静かに脱皮しかけていることに、私は気づいてしまった。今年最初の蝉だ、と嬉しくなって自転車を降りた。そのままつい見入っているうち、時間はあっというまに溶けていった。

なにかに心が惹《ひ》かれてしまうと、他のことをすぐに忘れてしまう。私の悪いくせ。なにもこんなときに発動しなくても、と自分で自分がいやになる。

今日は記念すべき一日目――由比《ゆい》産婦人科でのバイトを始める日なのに。

「もういや……！」

早朝とはいえ、真夏の太陽は容赦なく私を照りつける。まぶたの上に落ちる汗を左手でぬぐい、私はペダルを思いきり踏み込んだ。

1

由比産婦人科の駐輪場に自転車を止めると、汗をぬぐう余裕もなく私は通用口まで走った。

通用口に向かう途中、私の視界に一人の女の人が飛び込んできた。病院の入り口で、閉ざされた扉を見つめながら、大きいおなかを、右手でさすっている。

「おはようございます」

女の人は、私と同じくらい汗をかいていた。おなかの様子を見るに、臨月《りんげつ》に近そうだ。朝とはいえ、気温がぐんぐんあがっていく中、日傘もささずに立っているのは体によくないんじゃないだろうか。心配になって、声をかける。

「あの、診察ですか。今日はお休みですけど……」

女の人は、ようやく私に気づいたという様子でふりかえった。

「お休み？」

「はい。休診日です」

「だって、今日は月曜……」

女の人は、入り口横の看板を指さした。そこには「休診・日曜祝日」と書かれている。ああ、と私はうなずく。

「振替休日なんです。きのうが海の日だったから」

「海の日……」

「できたじゃないですか。あたらしい祝日。えっと、たしか去年から」

「祝日……」

「今年はきのうで、でもきのうは日曜だから、今日は月曜だけど祝日で」

女の人は、呆然としながら二度三度、まばたきをした。

「……ごめんなさい。私、説明するのが下手で」

「あ、いえ……大丈夫。……そっか、今日はだめなんですね」

力なく笑って、女の人は引き返していく。おなかをさすりながらよろよろと、頼りなさげに。

——本当に大丈夫なのかな。

今日はたしかに休診日だけど、病院のなかには院長の由比朋寛《ともひろ》先生も看護師さんもいる。念のため、診《み》てもらったほうがいいんじゃないか。だけど勝手に連れて入っていいものだろうか。悩んでいると、

「いたっ」

不意に女の人が、ゆっくりしゃがみこんだのを見て、私は反射的に駆け寄った。

「やっぱり先生、呼んできましょうか」

「でも……お休みなんでしょう？」

顔を苦しそうにしかめながら、女の人は下腹部に手をあてる。

「そうですけど……赤ちゃんにもしものことがあったら」

「ううん……でも」

煮え切らない様子で、女の人は首をかしげる。いったいどうしたいんだろう。

無理強いすることもできず見守っていると、女の人の額から玉のような汗が流れて、アスファルトのうえにぽとりと落ちた。

「困るのよね、初日から遅刻なんて」

更衣室で私にナース服を渡しながら、望月《もちづき》さんは言った。

望月紗也子《さやこ》さん。名前のとおりきれいな人だけれど、きりっとつりあがった眉毛とはっきりした顔立ちのせいか、バイトの面接の日、はじめて会ったときからずっと、どこか怒ったような顔をしている。もちろん今は、本当に怒っているのだけれど。

「時間を守るのは働く基本。とくに病院では、一分一秒が勝負のときもあるんだから、気をつけて」

「……はい。すみませんでした」

「今日だってね、診察はお休みだけどいそがしいの。生まれそうな妊婦さんがいてバタバタしてるから。それなのに厄介《やっかい》な妊婦さんまでつれてきちゃって」

そう言って、テーブルに散乱したチョコレートをひとつつまむ。

「厄介、って……あの人、そんなに具合、悪いんですか」

「いま先生が診てるから、体調は大丈夫でしょ。そうじゃなくて、保険証も母子手帳ももってないの。この意味、わかるよね？」

あ、と私は声をあげた。

望月さんはやれやれと肩を落とすと、チョコレートを三つ、一気に口に放り込んだ。味わうというよりも、栄養補給するように。

「悪いけど、今はあなたに構ってる余裕がないんだ。とりあえず着替えたら、その辺にいる人になにやればいいか聞いて。適当に仕事してて」

きびきびと言い置くと、私の反応を待たずに望月さんは早足で部屋を出ていった。

その辺の人って、誰だろう。適当に仕事なんてできるんだろうか。

わからない。でもまずは、言われたとおり着替えることにした。しみができないように、タオルハンカチで汗をぬぐって、真っ白なナース服に袖《そで》をとおす。クリーニングしたての、まっさらなにおい。始まるんだ、と初めて実感できて、嬉しくなる。襟《えり》をととのえ、ナースキャップではなく見習いの証である三角巾《さんかくきん》を頭にのせて、首のうしろできゅっと結ぶ。

——厄介……か。

保険証も母子手帳もない、ということは、あの人は未受診妊婦。なんらかの事情で、一度も病院で診察してもらっていないということだ。教科書で学んでいたことが、現実として立ちのぼってくる。

できるだろうか、私に。助手とはいえ、看護の仕事が。

部屋のすみにある全身鏡の前に立つ。

映る姿はぶかっこうで、看護師というより給食当番のようだ。


「ああ、青田《あおた》アオイさん。今日からだっけ」

ナースステーションに向かう廊下で、由比先生に声をかけられた。はい、と答えられなかったのは、先生が看護師さんを抱えていたからだ。口元をおさえて、顔面《がんめん》蒼白《そうはく》となったその人を見て、看護師長の榊《さかき》さんが「あらまあ！」と声をあげる。

「川井《かわい》さんったら倒れちゃったの？」

「貧血だと思う。望月さんは？」

「今朝の患者さんをみてもらっています。まったく、アウスごときで情けない」

――アウス？

聞き覚えのある言葉に、私はポケットの看護手帳をとりだした。なんだっけ、と用語を探すけれど、なかなか見つからない。

榊さんは息をつきながら、近くにあったストレッチャーを引き出してきた。すみません、とか細い声でつぶやく川井さんをよそに、榊さんは厳しい顔つきで先生を見た。

「どうします、もうすぐ武藤《むとう》さんの分娩《ぶんべん》がはじまりますけど」

「うーん、そうだなあ」

困ったように腕をくむ先生たちを見て、私は息を吸い込んだ。

「あの、私、お手伝いします」

「え？」

榊さんが、はじめて気づいたというように私を見やり、首をかしげる。

「気持ちはありがたいけど、初日からあれはねえ……」

「望月さんの仕事を代わってもらったほうがいいんじゃないかな。付き添いだけなら、青田さんにも」

「大丈夫です。なんでもやります。指示してください」

二人の戸惑いを打ち消すように、私は一歩前に出る。だってそのために、ここに来たのだ。

由比先生は、私の顔をじっと見た。面接のときと同じように。

「……だったらやってもらおうか」

「でも先生」

「遅かれ早かれ、だよ。慣れていたって川井さんのようにダメな人もいる。青田さん、こっちきて」

「はい！」

ポケットに看護手帳をしまって、私は先生のあとを追う。ドキドキする。

「青田さん、90年代における日本の三大死亡要因ってなんだと思う？」

私は記憶をたぐりよせた。期末試験にも出た問題だ。

「……3位、心疾患。2位、脳血管疾患。1位が悪性新生物、つまりは癌《がん》です」

「残念、不正解」

「え、あれ、脳血管疾患でしたっけ」

でもたしか、試験では○をもらったような。考え込んだ私に、先生は笑う。

「ここが学校なら正解なんだけど。……まず消毒して、マスクと手袋をつけて」

先生が言うと同時に、自動扉が横にひらく。

そこは分娩室の、入り口だった。


先生に指示されるまま、私は透明なプラスチックケースを二つ両手にもって、分娩室に入った。台の上には、ブランケットをかけられた女の人が仰向けで寝かされている。私よりは年上だけど、まだ若い女の人。

「寺田《てらだ》さん、お待たせしてすみませんでした。気分は悪くないですか」

淡々と、どこか感情を押し殺したような声で、先生が患者さんに聞く。分娩台の頭上にある大きな照明が、女の人の顔を照らしだす。煌々《こうこう》とした明かりに反して、女の人は、これから赤ちゃんを産むとは思えない緊張感を漂わせていた。

「すぐ終わりますからね」

と声をかけながら、先生がブランケットをそっとはがす。

──あ。

白くて細い太ももが、視界に飛び込んでくる。

女の人の下半身は、むきだしのまま両足を固定台に乗せられていた。

──思い出した。

先生が言わんとしていたことが、私にもようやくわかる。そしてこれから始まることも。

死亡要因の1位は、癌でも脳血管疾患でもない。決して教科書には載《の》らない本当の正解。

アウス──人工妊娠中絶だ。

「青田さん、そのワゴンをこっちに」

由比先生に指示されるまま、私は頸管《けいかん》拡張器──子宮口をひろげる器具がずらりとならんだワゴンを押した。近寄ると、先生の手元がはっきり見える。つまりは患者さんの、下半身が。

患者さん……寺田さんは麻酔が効いたのか静かに眠っていた。誰がなにを見ても、どこに触れても、身動きひとつしない。それでも先生は「はじめますね」と寺田さんに声をかける。

分娩室なのに、と私は思った。

赤ちゃんが生まれるのと同じ場所で、いまから真逆のことが行われる。

部屋には、器具の音と先生の息遣いだけが響いていた。窓の向こうから聞こえる蟬の声は、近いのにどこか遠い。あれは今朝脱皮した蟬だろうか。

——だめ。集中。

黙々と処置を進める先生の手さばきを見つめる。それだけで、私の額にじんわり汗がにじむ。

「……大丈夫？」

マスクの下から先生のくぐもった声が漏れる。

私に聞いているのだ、と気づくのに一拍遅れた。

「はい。大丈夫です」

「度胸あるね」

先生は私を見て、目元をやわらげた。そうか、川井さんはこれを見て倒れてしままったんだ。

私は平気だった。

こわくない、わけじゃない。だけど不思議だと思う気持ちのほうが恐れよりも勝っていた。なぜだろう、まだ十分も経っていないのに、時間が止まっているみたいに静かだ。いつもはうるさい蟬の声も、だんだん空気に溶けていくかのように気にならなくなっていく。まるでこの部屋だけが、世界から切り取られて宇宙にそっと隔離されてしまったみたい。

かちゃん、と金属がぶつかる音がして、私は顔をあげた。

先生が胎盤鉗子《たいばんかんし》を、膿盆《のうぼん》とよばれる銀色の皿に置いたところだった。……終わったのだ。

「青田さん、これをさっきのケースと一緒に処置室にもっていってくれるかな」

先生が膿盆を私に差し出す。

「そこから先は婦長に聞いて」

「わかりました」

「一つでいいよ」

運んできたときと同じように、透明なケースを二つとも抱えようとした私に、先生が言う。空いた片手で膿盆を受けとった私が中を覗き込むより先に「早く行って」と先生は鋭い声をあげた。

部屋を出ようとする私の背中で、先生が寺田さんに声をかける。

「終わりましたよ。気持ち悪かったりしませんか」

「先生。男の子ですか、女の子ですか」

「まだ小さいから、わかりませんでした」

「……そっか」

震える寺田さんの声に対し、先生は淡々としている。わざとだ、と私は思った。先生はわざと、感情を見せないようにしている。

「男の子だったらなぁ、って」

そういうと寺田さんは声をつまらせ、呼吸を乱した。

思わずふりむくと、寺田さんは両手で顔をおおって肩を震わせていた。声もなく泣く寺田さんの顔を、見てはいけない気がして、私は足早に、逃げるように部屋を出た。

榊さんに指示されたとおり、私は処置室でプラスチックケースをあけた。そして膿盆に置かれたそれを、セッシと呼ばれるピンセットでつまみあげてケースに入れる。……少し、血がついている。

こわくも気持ち悪くもなかったのはたぶん、人の形をしていないからだ。ホルマリン液を流し入れたケースに蓋《ふた》をして、シールに「9W」と書き入れる。由比先生がそうしていたように、淡々と、黙々と、私は初仕事を終えた。

たった9週間。この世に生まれることはなくても、たしかに存在していた命。人になるまえに消えてしまった、命のかけら。

ふいに耳の奥に響いたのは、寺田さんの声だ。

——男の子だったらなぁ、って。

シールをケースに貼る前に、私は「男」と書きくわえた。本当のことはわからない。だけどきっと、男の子だったんだと私は思う。思いたい。

「あとは奥の棚にケースを置く箱が……あ、これか」

箱をひきだすと、なかには手にしているのと同じケースがすでに入っていた。とりだして、なかを覗き込む。9Wの男の子と同じように、小さな命のかけらがホルマリン液に浮かんでいる。

「よかったね。ひとりじゃないよ」

仕切りの隣に、手にしていた子を入れる。

15時になると業者がやってきて、この子たちを引き取ってくれるのだと榊さんは言っていた。そのときには必ず「今日は○体です」と伝えなさいと。

二人、ではなくて2体。

それはとても不思議な響きだった。

2

家に帰ると、椅子の上に立ったお母さんが、スーツ姿のままテーブルに片足を載せているところだった。なにしてるの、と聞くより前に「だめだめだめ！」と子供みたいに絶叫する。

「パンツ見えてるよ」

「見ないで！　だめ！　やりなおして！」

「やりなおすって、なにを。危ないよ？」

「ああもう、台無し!!」

ぶんぶん両手をふるお母さんの頭上を見ると、朝にはなかった小さなくす玉が天井にくっついていた。ガムテープで雑に貼りつけられているせいで、どこか斜めにゆがんでいる。お母さんはあきらめたようにため息をつくと、椅子から降りてくす玉から垂れている紐《ひも》を私にもたせる。

「はい。引っ張って」

「なに、これ」

「もういいから、つべこべいわずに引く！　せえの！」

何が何だかわからないままかけ声にあわせて思いきり引っ張ると、案の定、ガムテープがひきはがされてくす玉は私の頭上に落ちた。そのまま、鈍い音をたてて床に転がっていく。私の右手に、紐だけが残される。

「……だからなに、これ」

「ええっ、なんで!?　なんで割れないの！」

わたしはくす玉を拾うと、くす玉の割れ目に指を入れた。……かたい。細い紐を引いただけで開くとは思えない頑丈さだ。

「ごめんね」

と申し訳なさそうに両手をあわせるお母さんに、私は首を振る。お母さんはため息をつきながら腰をさすると、先ほどまで足を載せていた椅子に腰をおろした。

「どうだった、初バイトは。大変だった？」

「そこそこ」と私は答えた。アウスのことはたぶん、黙っていたほうがいいだろう。

「赤ちゃんが生まれるところを見たよ」

「え、いきなり？　すごいじゃない」

「うん。すごかった」

寺田さんの処置が終わってまもなく、武藤さんという入院患者の分娩がはじまった。陣痛《じんつう》の間隔がせばまるにつれて、痛みが激しくなっていくのか、武藤さんは我を忘れて叫びをあげていた。

「いたいいたいいいたい！　さすって、そこさすって！」

言われるままに背中をさすると、そこじゃないと肘鉄《ひじてつ》をくらった。衝撃によろめいていると、望月さんが苦笑しながら「腰よ」と教えてくれた。

やがて子宮口が全開になった武藤さんが運び込まれたのは、少し前まで寺田さんが横たわっていた台の上だ。同じ部屋なのに、空気はまるでちがう。立ち合い希望のご家族が招き入れられると、蟬の声なんてかき消すくらい賑やかさは増し、十分が数秒のように感じられた。

「ママぁっ、いたいの？　大丈夫？」

「だいじょおぶ、まゆちゃん見てて、ママがんばるから……っ」

娘さんの励ましが聞こえると、武藤さんは痛みで顔を歪めながらも、にっと笑った。目を見開いて、歯をくいしばり、いきんで、いきんで。さらに、いきんで。

武藤さんの荒い息遣いと、悲鳴に似たうめき。

旦那さんと娘さんの、がんばれと叫ぶ声。

由比先生と榊さんの、力強い指示。

同じなのに。部屋も分娩台も、使う器具も、なにもかも。

明かりに照らし出される武藤さんの顔は、白すぎて消えてしまいそうだった寺田さんのそれとちがって、真っ赤に燃えていた。

やがて赤ちゃんの、ふぎゃあ、という声がきこえた。

「生まれた！　赤ちゃん、生まれたあ！」

娘さんの興奮に、由比先生の「おめでとうございます」が重なる。

「元気な男の子ですよ」

榊さんが、武藤さんに見えるように赤ん坊を抱いた。旦那さんは武藤さんの手をにぎって、娘さんはぴょんぴょん飛び跳ねていた。先生たちは、汗だくだった。だけどみんな、笑っていた。

そこに、唐突にオルゴールの曲が流れた。

ハッピーバースデー、トゥーユー。ハッピーバースデー、トゥーユー。ハッピーバースデー、ディア……。

誰もが知っている、バースデーソング。耳にした瞬間、胸の奥からじんとなにかがこみあげて、動けなくなった。体験したことのない感情だった。息がつまって、目の前の光景から目が離せない。

「分娩見るの、はじめて？」

榊さんの声で、我に返った。はい、とうなずくと同時に、私は頬に生温かいものが流れていることに気づいた。——涙だ。

「ごめんなさい」

あわててティッシュをつかむと、由比先生が微笑んだ。

「別に悪いことじゃないよ」

奇妙な心地だった。アウスがおこなわれたのと同じ部屋で、同じ人の手で、赤ちゃんが生まれている。愛情にかこまれて産声をあげている赤ちゃんと同じ屋根の下に、プラスチックケースの中を漂う命のかけらがある。

その心地は、家に帰ってきた今も、続いている。余韻にひたりながら私は、ぐ、ぐ、とくす玉に指を入れる。

「いい体験したのね、アオイ」

「うん。……でも、けっこう、しんどい」

体力的にも、精神的にも。初日だというのに、一ヵ月ぶんの疲れが押し寄せたような気がする。

「続くかな。すぐにやめちゃうかも」

「まあ、無理することはないけど」

お母さんは肩をすくめる。

「朝は？　遅刻しないで行けた？」

「あー、ちょっと遅れた」

「え、どうして。一時間も早く出たのに」

「道端に蟬がいて」

「蟬？」

聞き返すお母さんの声がかたくこわばっているのに気づいて、私は手を止めた。しまった。耳の奥に蘇ったハッピーバースデーに気をとられて、反射的に答えてしまった。

なんでもない、とごまかそうとして、無理だと悟る。お母さんの目はもう、さっきまでのように、優しく笑ってはいない。

「蟬がどうしたの」

私はくす玉に視線を戻した。なるべく、なにげなさを装おうとして。

「……脱皮してて。今年最初だったから、つい」

ぐ、ぐ、と指を押す。比例するように、お母さんの眉間のしわも、深くなる。ぐ、ぐ、ぐ。

「ごめんなさい」

言うのと、くす玉が開くのが同時だった。なかから、カラフルな紙吹雪と一緒になにか書かれた紙が垂れる。「祝・アオイちゃん初バイト！」という、少し丸みをおびたお母さんの字。

いびつなタイミングに、私もお母さんも何も言えなくなる。だけど最初に、空気を壊したのはお母さんだった。ふ、と抜けるような息を吐いて、小さく苦笑する。

「遅刻はだめよ。信用問題だからね。怒られなかった？」

「……うん。大丈夫」

「にしても、十七歳になっても蝉って。子供じゃないんだから」

「反省してる。……もうしない」

「そうしてちょうだい。さ、ごはんにしよう。お母さん、今日は奮発してお寿司買ってきちゃった。ビールも飲んじゃおうかな。なんてったって、アオイが初仕事を終えたんだもんね。お祝いだ」

「ただのアルバイトなのに、おおげさだよ」

鼻歌まじりにお母さんはキッチンに向かう。

私はうまく、笑えているだろうか。

3

「はい、渡すよー。落とさないでよー」

まるでお菓子の受け渡しのような軽さで、望月さんが私の腕に預けてきたのは、先週生まれたばかりの赤ちゃんだった。

その小ささとあまりの軽さに、私は硬直した。すこしでもよぶんな力を入れただけで潰れてしまいそうなほど、赤ちゃんはどこもかしこもやわらかい。それに、あたたかかった。全身から熱を発している。

んぐ、と赤ちゃんの口元がぐずるような気配を見せる。どうしよう、と望月さんをうかがうと、

「びくびくしないの。赤ちゃんは敏感だから、あなたが固まっていると、すぐに察

して赤ちゃん自身も緊張しちゃう。そうすると、よけい泣くよ」

「は、はい」

そう言われても、どうすればいいのかわからない。

赤ちゃんの抱き方、あやし方は、教科書を読んで知っている。だけど知っているのと、実際に対応できるのとは別なのだ。

とりあえず私は、赤ちゃんの顔を覗きこみ、

「こわくないよ」

と、小さくささやいてみた。腕の位置を変えると、さっきよりも抱きやすくなった。肩の力が抜けると、自然と私の緊張もほぐれていく気がする。赤ちゃんの存在に私が慣れたのを見てとると、望月さんは次の指示をくれる。

「じゃ、ここにうつぶせにして」

ベッドに赤ちゃんを寝かせると、胸の中にあったぽかぽかの熱が遠ざかり、なんだか少し、さみしくなる。

「まずは身体のチェック。これ、なあんだ」

赤ちゃんの背骨にそって、望月さんが指でつつつと撫《な》でる。おむつでふくらんだ

お尻がぴくっと右に振れる。かわいい。

「ギャラン反射、です」

「正解。じゃあ、次は顔の近くに指を出してごらん」

言われるまま、私が人差し指をさしだすと、赤ちゃんが迷いなくつかんだ。把握反射だ。

その瞬間、指と一緒に胸の奥まで、きゅっとつかまれたような気持ちになった。

「たまんないでしょ」

「……はい。たまんないです」

「でもね、授業でも習ったと思うけど、こういう原始反射は赤ちゃんにもともと備わっている能力なの。外の世界で生存していくための、本能。だからどんな相手にも同じ反応を示すのよ」

「誰でもいいんですか？」

「自分を生かしてくれる人ならね。さ、次は哺乳瓶《ほにゅうびん》」

慣れない私とちがって、おそれのかけらもない手つきで赤ちゃんを抱きあげると、望月さんは赤ちゃんの口元に哺乳瓶を近づけ、頬をつついた。すると赤ちゃんは、哺乳瓶の乳首をくわえて、一生懸命、吸い始める。

「吸啜反射《きゅうてつ》ですね」

「そのとおり。……今日も元気ね。よく飲んでる」

んく、んく、んく、と小さな口でミルクを飲みこんでいく横顔を見ているのは飽きない。目をそらさず観察する私に、望月さんがふきだす。

「ずいぶん、じっと見るじゃない。そんなにかわいい？」

「はい。なんでもやってあげたくなります」

「そ。あなたにも母性があるってことだ」

——母性？

私は反射的に顔をあげた。だけど望月さんの目はすでに、私を向いてはおらず、それ以上はなにも聞けなくなる。

「この子が飲み終わったら、次はそっち」

「そっち？」

「今朝がた、田中《たなか》さんの産んだ子よ」

視線でうながされた先には、ほかの子たちに比べてずっと大きな赤ちゃんが眠っていた。名札には、田中良子《よしこ》さん、とお母さんの名前が書いてある。

「田中さん、って」

「忘れたの？　あなたがきのう連れてきたんじゃない」

あ、と私は声をあげた。玄関口でしゃがみこんでしまった、妊婦さん。やっぱり、生まれる寸前だったのだ。

「間に合ってよかったですね」

「うん……まあ、そうね」

望月さんは曖昧《あいまい》にうなずいて、赤ちゃんをベッドに戻した。

「アプガー8、4100グラムの巨大児ね。血糖値は……35」

計器ではかりながら、望月さんがふたたび目線で問う。ええと、早産ではないのに血糖値が40未満、ということは。

「新生児低血糖。ブドウ糖液の静注《じょうちゅう》が必要……ですよね」

「そうね。まだ安定しないから、二時間おきに5プロッツカーあげて」

「プロッツカー？」

「5パーセント濃度のブドウ糖液ってこと」

私はポケットから看護手帳をとりだすと、すぐに用語をメモした。あわせて、新生児低血糖の項目をさがして、折り目をつけておく。

これで終わりだろうか。私は部屋で眠っている赤ちゃんたちを見回した。ほかの子にも、ミルクをあげてみたいなと私がひそかに思っていると、

「田中さん、見ませんでした？」

看護師の山村《やまむら》さんが顔をのぞかせた。望月さんは赤ちゃんに向けていた笑みを消して、とたんに眉間にしわを寄せる。

「来てないけど」

「そうですか。……どこ行っちゃったんだろう」

「いないの？」

「はい……」

望月さんは表情をさらに険しくすると、気持ちをととのえるように一度、静かに息を吸った。そして一瞬、迷ったあとに私をふりかえる。

「あなたもついてきて」

院内のどこを探しても、田中さんは見つからなかった。

ナースステーションに戻ると、榊さんが渋い顔で電話とにらめっこしていた。

「だめね。名前も住所も連絡先も、全部でたらめ」

そういって、手元のカルテに赤いペンで×をつける。望月さんも悔しそうに唇をかむ。

「こんなにはやく逃げるなんて……由比先生、警察には」

「さっき連絡した。まあ、戻ってくる可能性もあるけど」

「それがいいです。入院費も分娩費も踏み倒されていますからね」

榊さんも諦めたように首をふるのを見て、私は青ざめた。

私のせいだ。私が田中さんを連れてきたから、今、みんなが迷惑している。

「私、外を見てきます」

ナースステーションを飛び出しかけた私を、だけど、由比先生が止めた。

「その必要はないよ」

「でも」

「ここに一歩でも足を踏み入れた妊婦さんは誰であれ、どんな事情があろうと僕らは全員を等しく受け入れる。だけどね、自分の意志で出ていった人のことまでは責任を負えないよ」

無表情に冷たく、由比先生は言い放つ。あのときと同じだ、と私は思った。寺田さんに淡々と接していたときと同じ。先生はわざと感情を排除している。

「さて、僕は次の分娩の準備をしなくちゃ。望月さん、ちょっときてくれる？」

「はい。……あ、武藤さんの退院日のことですけど……」

何事もなかったかのようにその場を立ち去るふたりの背中を、言葉もなく見送っていると、やがて榊さんに肩をたたかれた。

「望月さんから、仕事を頼まれたんじゃなかった？」

「……あ」

私は壁にかかった時計を見あげる。田中さん——実際は、違う名前なんだろうけれど——を探しているあいだに、ずいぶんと時間が経っている。田中さんはいないけど、田中さんの赤ちゃんはまだ新生児室にいるのだ。

「預かった赤ちゃんには責任を持たないとね」

私はうなずいた。

まだ名前のない、田中さんの赤ちゃん。

看護師の野原《のはら》さんに測ってもらった血糖値は、二時間のあいだに18まで下がっていた。新生児低血糖は、無呼吸発作や昏睡《こんすい》状態を引き起こしかねない症状だ。あわてて赤ちゃんを抱き、ブドウ糖液を入れた哺乳瓶を口もとにもっていく。望月さんがしていたみたいに乳首でつついてみるけれど、赤ちゃんはまるで関心を示さない。

「飲んで。ほら、甘いよ」

何度つついても反応がないので、私は乳首を薄い唇の隙間に押しこんだ。すると初めてぴくりと動いて、ちゅ、と乳首を吸ってくれる。だけどまだ、足が冷たい。最初に抱いた赤ちゃんのぬくもりを思い出すと、不安になるほどに。

ブドウ糖液を飲み終えたのを確認すると、私は哺乳瓶を置いて、右手で足の裏を包みこんだ。少しでも体温をわけてあげたかった。

「つらくない？　……泣いてもいいんだよ？」

新生児室で眠るほかの赤ちゃんは、ときどきぐずるような声をあげたり、わけもなく泣きだしたりしているのに。この子は動かないし、声もあげない。

血糖値を再びはかると、30まであがっていた。だけどいつまた低下するかわからない。このまま眠るように呼吸を止めてしまうんじゃないかと、想像するだけでぞっとする。

赤ちゃんは、新生児は、ただかわいいだけの存在じゃないのだ。その命の、なんて儚《はかな》いことだろう。一瞬、目を離したすきにあっという間に消えてしまうかもしれないのだと、私ははじめて思い知った。

――責任を持たないとね。

榊さんの言葉がよみがえる。

いまの私にできるのは、間違いなく二時間おきに、ブドウ糖液をあげつづけることだけだった。

気づいたときには、窓の外でカラスが鳴いて、空が橙《だいだい》色《いろ》に染まっていた。腕のなかの赤ちゃんは、健やかな寝息をたてて眠っている。呼吸の音が聞こえ、ほんのわずかでも身体が動いているのを見ると、生が繋がっているのを実感できる。ほかに守ってくれる人もなく、無防備に私に命を預けてくれているその姿を見ていると、私なんかでいいの？　という不安と、私なんかでいいんだ、という安堵《あんど》がないまぜになる。田中さんはまだ一度もこの子を抱いていないはずだ。もし抱いていたら、置いて逃げようなんて思わなかったんじゃないだろうか。

と、そのとき。

「なによ、その言い方！」

聞き覚えのある声が廊下に響き渡った。……田中さんだ。戻ってきたのだ。

部屋を出ていこうとして、私は踏みとどまった。田中さんはなにかをわめき続けている。それに誰か、知らない男の人と言い争うような声がする。

せっかく眠ったこの子を、起こしたくはなかった。私は扉に近づいて、赤ちゃんを抱いたまま廊下にじっと耳を傾けた。

「いつも男の子がほしいって言ってたじゃない！　だから私、ちゃんと男の子を産んだのに！」

「お前に産んでくれなんて一度も言ってないだろう。だいたい、なんで黙ってたんだよ。妊娠したならまず報告しろよ！」

「だってあなたが困ると思ったから……」

「あの……」

「あたりまえだろ、こういうのが一番まずいってわかんないのかよ！」

「まずいってなによ！　あなたの子供なのよ!?」

「あの、ほかの方もいらっしゃいますから」

「私だけが悪いわけ？　違うでしょう、あなただって同罪じゃない！　なんで私ばっかり責めるの！」

「だからそれは……！」

「ですから、お静かにお願いします！」

最初は遠慮がちに口をはさんでいた榊さんが、たまりかねたように一喝《いっかつ》した。私たちに指導するときのような、怒鳴っているわけじゃないのに腹の底までよく響く、厳しい声で。

二人は口をつぐんだ。その隙をついて、由比先生が口を開く。

「榊さん、田中さんを病室へ。すみませんが、あなたにはこちらで事情をうかがいたいのですが」

後半は男の人に言ったのだろう。はい、と神妙に答えるのが聞こえた。我に返って、恥ずかしくなったのかもしれない。私は息をつくと、田中さんの赤ちゃんをベッドに戻した。

「……すぐそこに、ママとパパがいたんだよ」

語りかけても、あいかわらず、泣きもしなければぐずることもない。

「こんなときくらい大声で泣けばいいのに」

そう言って私は、ほっぺを人差し指でそっとつついた。

4

それから数日経っても、田中さんは自分のことを何ひとつ話さなかった。名前も、住所も。赤ちゃんにつけるはずの名前も。保健所の人が困っていると、榊さんがため息をついていた。退院指導も授乳もすべて拒否して、田中さんは沈黙を貫きとおして病室にこもっているらしい。

あの男の人も、けっきょくあれから一度も顔を見せない。

「虐待《ぎやくたい》しなきゃいいけど」と言って望月さんは、児童相談所に電話していた。

あの子は生まれてくることができたのに。私はプラスチックケースのなかの、命のかけらを眺めながら思う。現場に立つまで、知らなかった。おめでとうと言ってもらえない子が、こんなにもこの世に存在するなんて。

今日は三体です、と業者のおじさんにプラスチックケースを渡す私の声も、由比先生と同じように、すこし無機質になっている。

「赤ちゃんに会ってみませんか」

ぼんやり窓の外を眺めている田中さんに、私は聞いた。

「あの、私、赤ちゃんのミルク係なんですけど。だいぶ飲んでくれるようになったんです。最初は手足も冷たいし、反応も少なくて、このまま死んじゃうんじゃないかってすごく心配だったんですけど」

田中さんは黙って、測り終えた体温計を、布団のうえに置く。

「あ！　いや、今は元気ですよ。だから抱っこも、全然、していただけるんです。それにほら、田中さんの赤ちゃん、すっごく大きいじゃないですか。ほかの赤ちゃん見にきた人たちも驚いてて」

　そこで初めて、田中さんは視線を私に向けた。

「抱っこしてみませんか。この部屋に連れてくることもできますし」

「……いいよ」

　田中さんは唇の小さな隙間から、吐き出すような声を漏らした。

「別にいい。私は」

「ありがとうございます！」

　嬉しくなって、なぜかお礼を言ってしまう。

　田中さんが私の言葉に反応してくれたのは、出産後、初めてのことだった。

「じゃあ、体温計を届けたらすぐに連れてきますね！」

「え、あ、そういう意味じゃなくて……」

　舞い上がった私は、田中さんの「いい」が「どうでもいいから連れてこなくていい」という意味だとも気づかず、軽やかに病室を飛び出していた。

「お待たせしました！」

　新生児用のコット（キャリーベッド）に寝かされた赤ちゃんを連れて、私は意気揚々と病室に入る。けれど田中さんの反応は鈍かった。

「あの……赤ちゃん、来ましたけど……」

おそるおそる言うと、田中さんは私と目を合わせようともせずに言い放つ。

「別に、見たくなんてなかったのに」

「……え」

私は動けなくなった。

――どうして人の気持ちがわからないの。

お母さんの、苛立ちまじりの声が耳の奥で響く。

またやってしまった。私はいつも、間違える。お母さんを、誰かを、怒らせる。

「……ごめんなさい。私、あまり人の気持ちとか、よくわからなくて……」

どうしよう、新生児室に連れて帰ろうか。ごめんね、せっかく会えたのに私のせいで。うなだれながら赤ちゃんに心のなかで謝ったとき、田中さんが動く気配がした。眉間にしわは寄ったまま、だけどその視線はコットの中に注がれている。

「……ぶくぶくしてて、変な顔」

ほかの子よりも、ほっぺたの膨らんだ大きな赤ちゃん。私も最初は、驚いた。だけど毎日ミルクをあげるうちにどんどん、ほかとは違うそのぶくぶくのほっぺが、たまらなくかわいく思えるようになっていた。

「どっちにも似てないし」

そうかな、と私は思う。薄い唇は、田中さんのそれとよく似ている気がする。

「産んだらあの人と結婚できると思ってた。でもけっきょく、全部悪いほうへ行って、残されたのはこの子だけ」

言いながら田中さんは、ほっぺを指でつついた。その指をすかさず、赤ちゃんがつかむ。いつも私がするときよりもはやく、強く。

田中さんははっと身じろぎして、目を見開いた。赤ちゃんに注がれるまなざしが、これまでとほんのわずかだけど変わる。

「……こんな親でも、この子は私を必要としているのかな」

「あ、それは……」

原始反射ですよ、と言いかけて私はやめた。ぎゅうっと指をにぎる赤ちゃんの顔を、立ちすくんだまま、田中さんは見据えている。そしてやがて、意を決したように空いた左手を赤ちゃんの頭の下に差し入れた。こわごわと、赤ちゃんを揺らしすぎないよう気をつけながら、田中さんは赤ちゃんを抱きあげる。

「いいにおい……」

赤ちゃんの顔に鼻をよせ、ほっぺにすりつける。

「赤ちゃんってこんな匂いがするのね。それに、軽くてやわらかい……」

田中さんは、肩をふるわせた。

「ごめんね。……私、なにも見えてなかったんだね」

田中さんは泣かなかった。言葉を詰まらせ、赤ちゃんを強く抱きしめる。

「ごめんね、ごめんね。……ごめんね」

つぶやきを繰り返す田中さんの背中に、窓から夕暮れの光が差し込む。私はその姿を黙って、ただじっと眺めていた。蜩の声はいつのまにか、ひぐらしに変わっていた。


「木島《きじま》いづみです」

と、翌日、田中さんは教えてくれた。

「ご迷惑をおかけしました」

そう榊さんたちに頭をさげてからは、進んで赤ちゃんを世話するようにもなった。授乳に調乳（ミルクをつくることだ）、沐浴《もくよく》や退院後の過ごし方。新生児の特徴や、起こりやすい症状について。すべての指導を積極的に受けて、一生懸命メモをとる。赤ちゃんには、健太《けんた》くんという名前がついた。

「ほんと不倫ってさぁ、男のいいとこどりだよね」

健太くんを沐浴させながら、田中さん――ではなく、木島さんは言った。憎らしげではあるけれど、以前のような、吐き捨てるような物言いではなくなっていた。最初は頻繁に、健太君の耳に水をかけてしまい泣かせていたけれど、数日体験しただけで、今や指導している私よりも慣れて落ち着いている。

「わたしもバカだからさ、妻とは別れる、娘が小さいからもう少し待ってて、なんて言葉を信じちゃって。気づいたら十五年よ。最後の最後まで、娘が小さいからーなんて言い訳してたわ」

「ええと……もうずいぶん大きくなっていますよね」

「そう。さすがに目が覚めたわよ。今はこの子がいるだけで丸儲けって感じ。よーし、がんばるぞお！」

高らかに笑って、勢いよく右手をつきあげ、うっかり健太くんの沐浴布まではぎとってしまう。驚いたのか泣きだす健太くんに、木島さんは「ごめんごめんごめん！」と慌てふためいた。

私は思わず、吹き出した。嬉しかった。あんなに泣かない、静かな赤ちゃんだったのに。今は誰にも負けないくらい、大きな声をあげることができる。健太くんが元気になるにつれて、木島さんの顔にも、最初に玄関口で見かけたときとは比べものにならないくらい朗らかさが宿りはじめている。

どうにか泣きやんだ健太くんが、今度は、ぶううううっ、と盛大な音を立てておならをする。

私と木島さんは顔を見あわせ、声をたてて笑った。

はじめて出会った玄関口で、私は木島さんを見送った。

「退院おめでとうございます」

「ありがと。……ここであなたに会ったんだよね」

木島さんは、懐かしそうに目を細める。

「こんなふうに笑って、ここから帰れると思わなかった」

「あのときの木島さん、すごくぼんやりしていましたね」

「うん。本当に、なにも見えてなかったから。こんなにうるさい蟬の声も、街の音も、なんにも聞こえていなかった」

そう言って、静かに目をとじる。太陽の照りつけの隙間を縫うように、さわさわと心地のよい風が流れ、庭の木の葉が重なりあう音がした。いまは聞こえるよ、と木島さんは口元だけで微笑む。

「この子の体温も、においも、声も。全部、感じる。……だから私は、大丈夫」

目をあけると、木島さんは健太くんを小さく揺らした。

「あっついね。帰ったらすぐお風呂に入ろうね」

「木島さんも、身体を休ませないとだめですよ」

「うん。じゃあまた、来月。一ヵ月検診、だっけ」

「はい。健太くん、体重6キロぐらいになってるかもしれませんね」

「わたしには新しい彼氏ができてるかも」

「前向きですねえ」

「この子がいるからね」

頼もしく胸をそらせ、またね、と木島さんは手を振った。健太くんに語りかけながら歩くそのうしろ姿を、私はあたたかな気持ちで見送った。だけど。

一ヵ月後、二人が再び来ることはなかった。

5

健太くんが亡くなったと、教えてくれたのは榊さんだった。

「新聞見てない？　添《そ》い寝《ね》中に窒息死《ちっそくし》したって。授乳中の事故って書いてあったけど……」

「またあの男の人のところに行って揉《も》めた、って聞きました」

カルテの整理をしながら、川井さんが顔をしかめる。

「結局戻るのよね……」

やるせない息を吐く榊さんに、望月さんが「虐待かも」とぽつりと漏らした。

「やめましょう。この話はいつも結論が出ないんだから」

そうですね、と望月さんが答えたのをきっかけに、ナースステーションが静まり返る。榊さんがカルテを整理する音が、怒りを代弁するかのように響いた。

——木島さんが、虐待？　健太くんを？

ごめんね、と肩をふるわせていた木島さん。この子がいるからね、と笑っていた木島さん。信じられなかった。私の知っている彼女と、虐待という言葉はちっともつながらない。

新生児室に向かう。今日も赤ちゃんにミルクをあげる。抱きかかえ、哺乳瓶をくわえさせながら、私は木島さんと健太くんを想った。安心しきった様子で木島さんの胸を吸っていた健太くん。その顔をのぞきこみながら、はじめて会ったあの日の朝、無意識におなかをさすっていたように、木島さんはいつも穏やかに健太くんの背を撫でていた。

——最後も、同じだったんじゃないか。

木島さんはひとりだった。夫となるはずの人はもちろん、頼れる実家もないと退院間際に言っていた。だから私が頑張るしかないんだよ、と。

口で言うよりもずっと大変だったはずだ。あやしても理由もわからず泣き続ける赤ちゃんは、昼も夜も容赦がない。慣れない世話に睡眠も細切れになって、くたくたで。そんななか、夜泣きする健太くんをあやしてお乳を吸わせながら、木島さんは耐えきれずに寝てしまったのかもしれない。そのとき、無意識に手を健太くんの背中にまわした。いつものように。そうして抱きしめたまま、ふたたび眠りに落ちてしまったのではないだろうか。

健太くんもまた、そのまま眠りについたのだ。やわらかい胸に顔をうずめ、ミルクと汗のにおいに包まれて、大好きなお母さんと一緒に。

現実は、私が想像する以上に残酷なのかもしれない。

でも、それでも、健太くんは愛情に包まれて死んでいった。別れ際の木島さんを思い出しながら、きっとそうだと私は思った。

処置室に向かう時間が来た。今日も業者のおじさんが、あの子たちを迎えにくる。

透明なプラスチックケースをたゆたう、命のかけらたち。そのうちの一つをとりだして、私は窓に近づけた。

「あれが外の世界だよ」

広がる外の景色は、なんの変哲もない見慣れた街だ。だけど一つひとつの屋根の下で、今日も誰かが生きている。

「ごちゃごちゃしてるけど、きれいでしょ」

望まれなかったかもしれない。だけど世界と触れ合った命。ほんの一瞬、だとしても。この子たちは確かにこの世に存在していたのだ。

日ごとうるささを増していく蟬の声。夏のあいだだけを生きる彼らの叫びは、この子たちにも聞こえるだろうか。


命には、望まれて生まれてくるものと人知れず消えていくものがあると、私は由比産婦人科に来てはじめて知った。輝く命と、透明な命。その重さはどちらも、私には同じに感じられる。だけど……命とはそもそもなんなのか。私にはよく、わからない。ここで働き続けたら少しは何かがつかめるような、漠然とした期待が私のなかに芽生えていた。

続けよう、と私は思った。ここで働くのは夏休みだけ、と思っていたけれど。やめたいと思う日がくるまで、生まれる命と消える命がたえず交差するこの場所で、バイトを続けてみたい。

働きながら私は、きっと、いろんな命のありかたを見ることになる。それは私にとって、とても大事なことのような気がしていた。

第二章

菊田里佳子《きくたりかこ》の第一印象は、おどおどしている、だった。由比朋寛が検査結果の数値と問診票を見比べているあいだ、膝のうえで小さなこぶしを握り、分厚い眼鏡の向こうからうかがうように由比を見ていた。妊娠経過は順調だが、９週目は人によってつわりも重く、体調が安定しない。けれど彼女の顔色がすぐれないのがつわりのせいではないことを、由比は知っていた。

「初診のときに受けていただいた、血液検査の結果が出たのですが」

里佳子は、なにを言われるかはわかっているというように、身をかたくする。

「菊田さん、失礼ですが、ご病気のことを問診票に書かれていませんでしたね」

「……すみません」

血糖値コントロールが安定していない。眼鏡の分厚さから察するに、視力もよくはないだろう。隠していたのは、本人も、自分の妊娠が望ましくないものだと知っているからだ。

「ご家族や主治医の先生には、妊娠のことは相談しづらかったですか」

「心配をかけてしまうし。それに……中絶するなら、家族に知られないうちにと思ったので」

「中絶するにしても既往歴《きおうれき》をお聞きしないわけにはいきません。命にかかわりますから」

厳しく告げると里佳子は、観念したようにうなだれた。

「……1型糖尿病です。十歳で発症して、そのあと網膜症《もうまくしょう》になりました。視力はいま、0・01くらいです」

糖尿病患者の妊娠が許容されるには条件があった。極端な肥満でないこと。血糖値コントロールがよいこと。そして、進行した腎症《じんしょう》や網膜症がない、あるいは状態が安定していること。だが。

「網膜症だけでなく腎臓も悪くなっています。食事や運動も制限されていますし、妊娠も難しいだろうって言われていました」

——思っていた以上に、深刻だ。

彼女が出産を決断した場合、糖尿病昏睡や出産時の脳出血も考えられる。けいれん発作が起こる可能性も少なくない。もちろん胎児にも、影響がないとは言い切れなかった。

隣に立つ榊が、由比をうかがうのがわかる。けれど由比は、そうですか、とあくまで事務的に答えた。

「やはり主治医の先生から、現在の状態を詳しくお聞きする必要がありますね。でないと今後のことは決められません。連絡をとってもいいですか」

「……はい。お手数をおかけします」

彼女はなにも、悪くない。

けれど由比には、今はまだ、その言葉をかけてやることができなかった。

1

「サーターアンダギー？　何ですか、それ」

私は首を傾げた。

その日、きつね色にこんがり揚がった丸いお菓子が詰まったタッパーを、検診帰りの町田《まちだ》さんがナースステーションに差し入れてくれた。初めて見るし、初めて聞く。どうぞ、と言われるやいなや私は遠慮なく手を出した。

「……おいしい。もはもはする」

「もはもは、って」

町田さんが吹き出す。

しっとりとしているが、マフィンやドーナツとも違う食感だ。優しい甘さが後を引く。そういえば今日はお昼ごはんを食べそこねていた、とすぐさま二つ目に手を伸ばす私を見て、望月さんが呆れた声を出す。

「ちょっとは遠慮しなさいよ」

「いいんですよ。そんなにおいしそうに食べてくれたら、私も嬉しい。望月さんもぜひ、どうぞ」

「すみません、いただきます。……あ、おいしい」

「おばあの手作りなんです。沖縄ではみんなが食べる、揚げ菓子で。なんだか無性に食べたくなっちゃって、頼んで送ってもらったんだけど、段ボール一箱ぶん届いちゃったんですよね。油物は控えないといけないのに、目の前にあると食べちゃうからおすそわけ。生まれたらこの子には、おばあのできたてを食べさせてあげたいなあ」

電話を受けた町田さんのおばあさんが、いそいそとお鍋や油を用意して、サーターアンダギーを揚げている姿を想像すると、心が和んだ。赤ちゃんを連れていったらきっと、段ボール一箱ぶんじゃ足りないくらい、山のようにまた揚げてくれるにちがいない。

「それにしてもおいしそうに食べるねえ」

町田さんがくすくす笑いながら差し出してくれたお茶を、私はありがたくいただいた。いくらでも食べてしまいそう、だけれども、食べ続けていると口のなかの水分がごっそりもっていかれる。

「ね、青田さんって、本名？」

「はい、そうですけど……あ」

そういうことか、と私は合点する。青田アオイ。たしかにちょっと、偽名っぽい。

「母方の苗字《みようじ》なんです。うち、離婚しているんです」

「そうなの、それは……」

「気にしないでください。最初はどうかなって思ったけど、ネタになるし、すぐ覚えてもらえるし」

「そっか。実は、私も」

町田さんは、含み笑いをしながら母子手帳の表紙を見せてくれる。

「町田真知子《まちこ》さん」

「そ。プロポーズされたときは、語呂《ごろ》がやだなあって最初は断っちゃった。でもなってみると意外と気に入るものよね。青田アオイさんも、きれいないい名前よね」

「ありがとうございます。私もいまは気に入ってます」

「名前って大事よねえ。そろそろ赤ちゃんの名前、決めないと。陽介《ようすけ》くんと相談しなきゃ……って、あ」

ばたばたと慌ただしい足音が響いて、受付からひとりの男の人が走ってくる。旦那さんの、陽介さんだ。たしか、塗装工《とそうこう》の仕事をしていると聞いていた。仕事を抜けてきたのか作業着は塗料でカラフルに彩られている。

「まーちゃん、ごめん。遅くなって。もしかして検診終わっちゃった⁉」

頻繁に真知子さんに付き添ってくる陽介さんは、いつも元気で明るい。真知子さんより六歳年下のせいか、ちょっと落ち着きもない。だけどいるだけで、ぱっと場が華やぐ、そんな魅力をもっていた。

「来なくても大丈夫なのに。あーもう、そんな埃《ほこり》だらけじゃ迷惑だよ」

「あ、そっか！」

「ちょっと、そんな払ったらよけい埃が舞うでしょ！」

「わ、ごめん！」

「もういいから、じっとしてて」

望月さんが、ぷっと笑う。こういうのをきっと、憎めない人っていうんだろう。

陽介さんは堪《こた》えた様子もなく、「で、赤ちゃんは？」と前のめりになる。

「元気だよ。問題なし」

「写真撮った？　あの超なんとかってやつ」

「超音波ね。そんなしょっちゅうは撮らないの」

「そうなの？　なんだ、俺楽しみにしてたのに」

陽介さんは、わかりやすく膨れる。子供みたいな人だ。

「わかったから、もう、行くよ」

私たちの視線を感じたのか、真知子さんはきまり悪そうに陽介さんを急かす。

「じゃあまた二週間後に」とそっけなく陽介さんの腕をひいて出ていくけれど、もちろん怒っているのではなく、照れているのだ。

「仲のいいご夫婦ですね」

ありがとうございましたぁ！　と頭をさげて陽介さんは、真知子さんの荷物を受けとる。当たり前のように手をつないだ二人のうしろ姿は、恋なんてしたことのない私ですら憧れる微笑ましさだった。

「旦那は頼りないけど、いいバランスだよね。ああいうのを見ると、年の差があるのも悪くないなあって思う。うらやましいよ、うちは同級生だからああはならないし」

「うち？　……って、え、望月さん、結婚してるんですか！」

素っ頓狂な声をあげた私を、望月さんは、なによと睨《にら》む。

「結婚できなさそうなタイプなのに、とか思った？」

「いえいえ、そんなことは」

ごまかすように私は、手で顔をあおいだ。

そしてふと思う。私もいつか結婚して子供を産む日がくるんだろうか。正直、想像がつかない。

そんな、穏やかな日の午後だった。

通用口の前で、私が紙袋に入れられた赤ちゃんを見つけたのは。

2

蟬の大合唱の隙間に、猫の鳴き声が聞こえた。野良猫たちが紙袋のまわりに集まって、なにかを訴えかけるようにミャアミャアと鳴いていた。のぞきこんだ中に見えたのは、小さな頭と、さらに小さな、真っ赤な手。

血の気が引いた。紙袋を抱えて、私はナースステーションに駆けこんだ。

「新生児特定集中治療室《NICU》はどこも満床《まんしょう》ですって。容体《ようだい》は落ち着いたから、うちで面倒を見ることになりそうよ」

処置がおわり、喧騒が去ると、なすすべもなく突っ立っていた私に榊さんは教えてくれた。

「アスファルトの上で気温もあがっていたし、あと少し発見が遅かったら危なかったでしょうね」

「捨て子……ですか」

「時々、あることよ。バスタオルにもくるまれていたし、ゴミ箱に捨てられる赤ちゃんよりはマシだけど」

命の恩人ね、と榊さんは言ってくれたけれど、嬉しくはなかった。

赤ちゃんは保育器に入れられ、光線治療を受けていた。

２３１０グラムの女の子。ネームプレートに書かれているのはそれだけだ。お母さんの名前も、当然ながらこの子の名前もそこにはない。右手と右足に巻かれたバンドに記されたＩＤだけが、彼女の存在を示すものだ。光線が入らないよう、目を覆っているアイマスクが、痛々しさを誘っていた。

「心拍も血圧も、だいぶ安定してきたね。あとは黄疸《おうだん》だけだ」

数日の経過観察ののち、由比先生が言った。

「少し小さいけど元気だし、経口哺乳にして大丈夫だよ」

「青田さん、お願いできる？　低体重だから沐浴はいいわ。ミルクはこまめにあげてね。量は10ccで。アイマスクは、ミルクのときは外しても大丈夫だけど、光線にだけは気をつけて」

「はい」

榊さんの指示を、私は漏らさずメモする。バイトをはじめて二週間も経っていないのに、手帳の空きページは半分以上埋まっていた。

一人になると、私はさっそく赤ちゃんを保育器から出した。これまで抱いてきたどんな子よりも軽くて、心もとない。おそるおそるアイマスクをとると、その下で赤ちゃんは大きな黒目をぱっちり開けて、私を見ていた。まるで最初からずっと、私を見つめていたかのようにまっすぐと。

雷に打たれたような、というのはこういうことをいうんだろうか。

瞳に自分が映っているのを知って、私は動けなくなった。この子から、目がそらせない。瞬きひとつせずに私は、赤ちゃんと見つめあう。

「ちょっと、早くしないと体温がさがるよ」

顔を出した望月さんに咎められても、私は視線を移すことができなかった。

「なんか、胸が。……胸が苦しくて」

「はい？」

わかってもらえるとは思えなかった。私は、なんでもありませんと首を振って、鼓動が跳ね上がるのを感じながら、哺乳瓶を赤ちゃんの口元に寄せた。低体重児用の、いちばん小さな哺乳瓶。飲んでくれるか不安だったけれど、ほんの少しつついただけで、赤ちゃんはすぐに乳首をくわえてくれた。はかなげな音をたてながら、けれどしっかり、ミルクを吸う。

——どうしよう。これまで出会った赤ちゃんのなかで、この子がいちばんかわいい。

優劣をつけるようなまねはしちゃいけない。わかっているのに私は、この子に惹《ひ》かれる気持ちを止められなかった。

「名前をつけたい」と提案すると、榊さんはあっさりとうなずいた。

「そうねえ、名前確認は大事よねえ。指示をまちがえたら大事だし」

「そもそも、かわいそうだしね」

と、望月さんもどことなく同情的だ。榊さんは私にカルテを渡した。

「青田さん、決めていいわよ。そこに書き込んで」

「え、いいんですか？」

「かまわないわよ。あなたが助けた子だもの」

「ふざけた名前つけないでよ。最近多いから」

望月さんは茶化すけれど、私の耳には届かなかった。あの子の名前を私が決められる！　それだけで胸がいっぱいだった。

「そうだ、それから3号室の戸川《とがわ》さん。退院指導は午後三時からだから……」

どうしよう。何がいいだろう。やっぱり大きな黒目がいちばん魅力的だから、瞳ちゃん？　単純すぎるかな。夏生まれだから夏蓮《かれん》ちゃん、というのはちょっと派手だろうか。

「ちょっと青田さん。聞いてる？」

「し、しずかにします」

「は？」

いくつもの候補が浮かんでは消えて、最後に残ったのはその名前だった。

「平仮名で、しずか。あの子の名前です。大人しくていい子だから」

「意外と古風ね」

榊さんに反対する様子はなさそうで、私はほっとする。望月さんをうかがうと、なぜだかまた眉がつりあがっていた。

「だめですか？」

「だめじゃない。いいんじゃないの、しずちゃん。かわいいし」

「ありがとうございます！」

「でも、話を聞いてないのはだめ！　戸川さんには、なんだった？」

戸川さん？　なんの話だろう？　私は首をかしげる。

「ええと……なんでしたっけ……」

「メモ！　書く！」

「はいっ！」

手帳を引っ張り出した私に、望月さんは「まったくもう！」といつものように唇を尖らせる。反して榊さんは、おかしそうに肩を揺らしていた。

「あなたたち、いいコンビよ」

「ええ？　そうですか？」

望月さんは、心底迷惑だというように唇を曲げる。けれどその目はどこか優しくて怒っている様子はない。望月さんは口調も顔つきも厳しいけれど、もともとそういう人なのだとわかってからはあまり緊張しなくなった。

気を抜いてまたもしずちゃんに想いを馳せていると、「手を止めない！」とふたたび鋭い声が飛んだ。

しずちゃんの体重は、なかなか増えなかった。体重が２４００グラムを超えないと、保育器からは出せない。まだ寝返りも打てないのだから関係ない、とわかってはいても、狭い箱のなかからはやく出してあげたかった。アイマスクなしで、眠れるようにしてあげたい。

ミルクをあげるとき、しずちゃんはいつも、私をじっと見つめていた。ねんねしようね、と背中をさすると、すうっと目を閉じて静かに眠りに落ちていく。なんていい子だろうと、私の気持ちは世話をするたび高まっていった。

だけど、しずちゃんはこんなにいい子で、私の言うことを聞いてくれるのに。ある日体重をはかると、20グラムも落ちていた。私のやり方が悪かったんだと、血の気が引いて目の前が真っ白になった。低出生体重児に関する本を、ナースステーションの本棚から引っ張り出して、片っ端からむさぼり読む。だけど今、教えてもらっている以上の情報は、そこにはない。よくあることよ、大丈夫。榊さんはそう言うけれど、私は落ち着かなかった。だって、私のせいでしずちゃんの容体が悪化したらどうしよう。

「しずしず。ママ、がんばるからね」

ミルクを飲ませながら、自然と私はつぶやいていた。

その瞬間、「やめなさい」と望月さんに注意される。

「やめるって、なにを……？」

ほかの赤ちゃんを抱きながら、望月さんは怒っているような困っているような、複雑な表情を浮かべている。

「あなた今、自分のことママって言ってたよ」

「え！　ほんとですか？」

「気持ちはわかるけど、あんまり入れ込まないほうがいい」

「……はい」

私はしずちゃんに視線を戻した。あいかわらず、無垢《むく》な瞳は一直線に私に向かっている。

「午後の外来、始まるよ。エコーのゼリーは補充した？」

「あ！　すぐ行きます。すみません」

しずちゃんにアイマスクをかけて、保育器に戻す。

ほんのわずかな時でも離れがたい。ずっとしずちゃんの世話をしていられたらいいのに。そのときの私はただ名残惜《なごり》しさでいっぱいで、望月さんが心配そうに立ち去る私を見送っていることには気づかなかった。

3

堕ろしたくないです、と、小さいけれどきっぱりした声で、里佳子は由比に告げた。夫の実《みのる》は寝耳に水だったようで目を見開き、里佳子の母であるゆかりは慌てたように彼女の肩を抱く。

「里佳ちゃん、気持ちはわかるけど、自分の体のことをいちばんに考えなきゃ」

「そうだよ。僕に申し訳ないとか思っているなら見当外れだ。子供が生まれてもきみにもしものことがあったら意味がない」

けれど里佳子は、唇を噛んでうつむくだけだ。考えが変わることはなさそうで、由比はしかたないと三人を見まわした。

「とりあえず今日の手術は中止しましょう。お話を聞かせていただけますか」

廊下での立ち話では、埒《らち》があかない。三人を診察室へと促すと、アオイがこちらを見ているのに気づいた。中止、という言葉に反応して、自分の手元と由比の顔を見比べる。手術に使うエコー用ゼリーを、診察室に運ぶところだったのだろう。こなくていいよ、と視線で制して、由比も三人のあとに続く。

なんとなく、こうなるような気はしていた。中絶するなら、と里佳子は言っていたけれど、夫と実母の反応を見るに、本当にその選択肢が彼女の頭にあったなら、最初から二人に相談していたはずだ。

「結婚前から何度も話し合って、子供は持たないって決めていました」

動揺を隠せないまま実が説明し、そのあとをゆかりが引き継ぐ。

「実さんも納得して、一緒になってくれたんです。本当に、ありがたい人に出会えたって私も里佳ちゃんも喜んでいたんですけど……」

実もゆかりも、里佳子が子供をもつ可能性なんて少しも考えていなかった。子供よりも里佳子を優先する覚悟はとっくの昔にできていたのだ。——だとしたら。

「避妊は？」

由比が聞くと、実は「もちろん」と勢い込んだあと、うしろめたそうに口をつぐんだ。

「……ときどき大丈夫って言われることがあって、そういうときは」

言いかけて実は、はっとする。

「もしかして嘘、……だったの？」

里佳子の沈黙は、肯定に等しかった。やっぱり、と内心ため息をつく由比を前に、里佳子はうつむいたままつぶやく。

「……実くん、本当は子供、好きでしょ」

「そんなことない」

「嘘。私、知ってる。だから、……だから、もしできたら、それは神さまがくれた最後のチャンスなんじゃないかって、そう思って」

「何言ってるの！」

声を荒らげたのはゆかりだった。

「なに、夢みたいなこと言ってるの。現実を見なさい。こんな、みんなにも心配をかけて！」

「……夢を見ちゃだめなの？」

ようやく顔をあげた里佳子は、おどおどしている、という第一印象を拭《ぬぐ》い去るくらい毅然《きぜん》としていた。それは家族にとっても同じなのか、その強いまなざしに、実もゆかりも一瞬たじろぐそぶりを見せる。

「夢、見ちゃだめなのかな。……私、病気になってから諦めることばっかり。家族にもいっぱい我慢させてきた。実くんにもそうよ。健康だったら普通にできることが、私のせいで」

「ちがうよ。俺は我慢なんか」

「そうよ。私たちはあなたがいてくれるだけでいいんだから」

「そうじゃないの！」

里佳子はたまりかねたように声をあげた。

「そう言ってくれるのは嬉しい。ほんとよ。ありがたいって、お母さんにも実くんにも感謝してる。でも……つらいの。いるだけで何もできないなんて、そんなのは」

「里佳ちゃん……」

「……いるだけって。だったら私は、何のために生きてるの？」

誰もなにも言わなかった。言えなかった。——由比以外は。

沈黙とともに三人の呼吸がととのうのを待って、由比は口を開いた。

「主治医の先生のお話では、ＧＦＲ（腎臓の機能値）が45。これは、妊娠してさらに腎臓機能が低下すれば、人工透析になる可能性もある数値です。血糖の管理もこれまで以上に難しくなって、網膜症の悪化も考えられますから、失明ということもありえます」

「でも」とはじかれたように里佳子は顔をあげる。

「同じ病気でも、無事に出産している人はいるって聞きました。私、もう33だし、病気と年齢を考えれば最後のチャンスだと思うんです。諦めたくありません」

「……出産は、あくまでも本人の意志が尊重されます。ですが」

「大丈夫です。私、大丈夫ですから！」

聞いている二人に文句は言わせまいという勢いで、里佳子は訴える。気持ちは、わかる。痛いほどに。けれど由比はそれを、感情的に受け止めるわけにはいかなかった。

「その大丈夫という言葉に、あなたは責任をとれますか？」

「責任……？」

思いもよらぬ言葉だったのか、里佳子は目をしばたたく。

「1型糖尿病という病気をわずらったことには、あなたになんの責任もありません。たった十歳で発症して、今日までたくさんつらいことがあったでしょう。よく頑張ってこられたと思います。ですが、今回の妊娠はそれとはわけがちがいます」

由比は静かに息を吸った。

「出産は、あなたの存在意義を確かめるためにするものではありません」

里佳子の表情がすうっと消えた。隣に立つ榊が由比をうかがうのがわかる。言いすぎだ、と思ったのかもしれない。けれど彼女が仲裁するまえに、怒りをあらわにしたのは実だった。

「先生。いくらなんでも、あなたにそんなことを言われる筋合いはないですよ。俺たちのことを……里佳子がどんな気持ちでこれまで生きてきたのか、何も知らないくせに！」

「そうですよ。里佳子はずっと我慢してきたんです。いつも私たちのことばかり気にして、自分のことはあとまわしで。我儘《わがまま》ひとつ言ったことのない、本当に心の優しい子なんですよ！」

由比は一礼し、申し訳ありませんと静かに詫びた。

「いずれにせよ、里佳子さんの症状を見る限り、決断は急いだほうがいいでしょう。ご家族でよく話し合われて、またいらしてください」

たとえ怒りや恨みを買ったとしても、言うべきことは言わなくてはならないのだと、背筋を張ったまま由比は思った。

4

体重が２４１０グラムを示して、ようやく保育器から出ることのできたその日。しずちゃんとの別れは唐突に訪れた。

「やーっとお風呂に入れたねえ。気持ちいいでしょ？」

生まれてはじめての沐浴にも、しずちゃんはぐずる声ひとつあげなかった。こうやって少しずつ、大きくなっていくのだ。もっと成長して外に出られるようになったら、一緒にお散歩にも行けるかもしれない。しずちゃんをベビーカーに乗せて、公園を歩く自分を想像するだけで私の頬はだらしなく緩んだ。

そんなとき、望月さんがやってきたのだ。しずちゃんのご家族がいらしたから、診察室に連れてきて、と。

コットに寝かせたしずちゃんを連れて、私はスタッフ用通路から診察室の裏に出た。カーテンに仕切られて中は見えないけれど、声は聞こえる。

「ずっと体調が悪いっていうから病院へ連れていったんです。そしたら娘には最近出産した可能性があるっていわれて……」

由比先生よりも年上らしい男の人が、どこか恥じるように、ぼそぼそとしゃべっている。

「それで問い詰めたら……家の風呂場で産んで、ここに、……す、捨てたって」

「お産のあとの長引く出血は危険です。はやく気づいてよかったと思います」

いつもどおり冷静な由比先生の声に、重なるように今度は女の人がすすり泣く。

「なんでそんなこと……ひとこと、お母さんに相談してくれれば……」

「言えないから捨てたんでしょ」

空気を切り裂くような、尖《とが》った声が響いた。甲高《かんだか》いその声は、想像していたよりもずっと若い人のものだった。

「近所のゴミ捨て場に出そうと思ったけど、もう昼だったし、その辺に置いてきたらすぐにバレそうだし」

無意識にコットを押す手が震え、しずちゃんにも振動が伝わったのか、閉じていた目がゆっくり開いた。ごめんね、と私は左手で右手をおさえる。けれどそれでも足りないほど、腹の底からぐつぐつと怒りが沸き立つのを感じていた。

「せっかく自転車こいで、わざわざこんな遠くまで捨てに来たのに。全部、無駄になっちゃったじゃん」

――なに、それ！

みゃあみゃあと鳴いていた、猫の声がよみがえる。蟬の賑やかさとともに高く昇り、照りつける太陽。そのなかでひっそり、紙袋のなかでかすかな吐息を漏らして懸命に生き延びていたしずちゃんの小さな小さな、真っ赤な手。

我慢できずに私は一歩を踏み出した。カーテンを開けて押し入って、声の主につかみかかってやろうと思った。けれどその前に榊さんが、カーテンの隙間から顔を覗かせた。

「あら、来てたの。……ありがとう、戻っていいわよ」

そう言って、私からするりとしずちゃんを連れ去ってしまう。一瞬でカーテンは閉じられ、私はまた蚊帳の外だ。女の人のご両親が、しずちゃんを見て息を呑む音だけが聞こえる。

「……この子が？」

「小さいのね……体調は大丈夫なの」

「ええ。これでも大きくなったほうなんですよ」

「やめてよ！　そんなの見せないで!!」

不意に、女の人の絶叫とともに、激しく何かがぶつかる音が聞こえた。私は反射的に飛び出していた。見ればコットが、しずちゃんの眠っているベッドが倒れかけている。支えているのは由比先生と榊さんだ。コットごとキャッチして、すんでのところでしずちゃんを守っていた。

「何してるんですか！」

私はコットから救い出すようにしずちゃんを抱きかかえた。

――ひどい。

外野の喧騒なんて気にも留めず、しずちゃんは健やかな寝息をたてている。こんなかわいい子に、なんてことを。もう我慢できない、とふりかえるとそこに立っていたのは、私と同い年くらいの女の子だった。髪は黒くて、ひとつに結んで、Ｔシャツに G パンと服装も地味。

ごくごくふつうの女の子だ。驚くほどに表情がないことを除いては。

予想外の姿に、私の気勢がそがれていると、

「いい加減にしろ！　自分の子供だぞ!?」

お父さんらしき男の人が、女の子の頬を思いきりひっぱたいた。それでも女の子はどこか虚《うつ》ろに、床の一点を見つめたままだ。苛立ちをつのらせ、もう一度手をふりあげかけたお父さんと女の子のあいだに、由比先生がさりげなく入り込む。

「きみは、どうしてうちに捨てたのかな」

「……え？」

「家は隣町だろう？　前にも来たことがあった？」

女の子は瞳を揺らして、わずかに由比先生を見返したあと、ふたたびうつむき黙り込んだ。その様子にお父さんは、怒声なのかため息なのかわからない息を吐く。

「ご迷惑をおかけして申し訳ありませんでした。この子は責任をもって、私たちで育てます」

「わかりました。警察と保健所にはこちらからも連絡します。出生届の手続きが済み次第、お子さんはそちらにお渡し……」

「だからいらないってば！」

由比先生の言葉をさえぎって、女の子は絶叫した。

「そんな子、知らない！　私に関係ない！　どっかやってよ。私は絶対に育てないんだから！」

「千絵《ちえ》ちゃん！」

ふたたび暴れまわりそうになったその子を、お母さんが抱きとめる。私にも怒りが舞い戻り、しずちゃんを抱いたまま私は彼女をにらみつけた。

「……なに見てんのよ。あんたには関係ないでしょ」

「私……私はずっとこの子のお世話を」

「だからなに？　それがあんたの仕事でしょう？　それくらいで善人ぶらないでよ！　この偽善者！」

私の何倍も嚙みつきそうな迫力で、女の子はわめき続ける。それでも私は、彼女を睨み返していた。しずちゃんを目の前にどうしてそんなひどいことが言えるのだろうと、腹が立って悔しくってしかたがなかった。

何かどうしようもない事情があったなら、私だって仕方ないと思える。子供を産むって、育てるって、大変だ。まだ女子高生であれば、なおさら。きれいごとじゃどうにもならないってことくらい、私だってわかっている。

だけどあの子は違う。自分の勝手で産んだばかりでなく、ゴミみたいに捨てたのだ。許せなかった。しずちゃんは、もう少しで死んでしまうところだったのに、わめくのは自分の都合ばかりで少しも悪いなんて思っていない。新生児室で眠るしずちゃんを見ていると、怒りのあまり、涙があふれそうになる。

「だから言ったでしょう、あんまり入れ込んじゃダメだって。家族が現れたら、引き渡さなきゃいけないいんだから」

望月さんに言われても、納得ができなかった。

「あの人、わかってないんです。この子がどんなにかわいくていい子か。特別な事情もないのに捨てるなんて許せません。邪魔者扱いして、いなくなればいいと思っているような人に、どうしてしずちゃんを渡さなくちゃいけないんですか」

「でも産んだのはあの子だよね。あなたはただの、看護助手」

「え……」

「それに特別な事情って、なに？　あなたにあの子の、何がわかるの？」

望月さんの冷たい切り返しにしどろもどろになっていると、望月さんはしずちゃんの寝顔に目を向けた。

「この子が生まれたのは30週くらいかな。望んでいなかったとしても、あの子は八ヵ月近く、お腹のなかで育ててきたのよ。それに対してあなたが世話をしていたのは、せいぜい二週間くらい」

「それは……そうですけど……」

「とすると、三月くらいかあ。彼女が妊娠に気づいたのは」

望月さんの視線は窓の外に移る。青々とした葉っぱが茂る、桜の木が枝を揺らしている。

「どんな気持ちで見たんだろうね」

望月さんの言葉の意味を、考える。……三月。風がまだ冷たくて、でも日差しがあたたかくなりはじめた、春休み。今年の桜は、はやかった。始業式が始まる前に満開の時期を迎えていて、学校に向かう道のりには花びらの絨毯ができていた。

「赤ちゃんだけを見ちゃだめよ」

望月さんは、目元を和らげた。怒っているわけではないようだった。

中本《なかもと》千絵、というのがしずちゃんのお母さんの名前だった。一文字をとって、しずちゃんは正式に、千夏《ちなつ》と名づけられた。しずかとは何の縁もない名前。

しずちゃんは、千絵さんの妹として育てるということだった。しずちゃんの祖父母にあたる、千絵さんのご両親が、養子縁組するらしい。……言葉にすると、ややこしい。そんなややこしい環境に置かれるしずちゃんが不憫《ふびん》だと思ったけれど、望月さんの言うとおり私に口出しする権利はなかった。

クリニックを去る日、しずちゃんを迎えに来たのはご両親だけで、千絵さんは姿を見せなかった。最後に抱きしめたいような気がしたけれど、私は離れたところから黙って見送るしかできなかった。しずちゃんが——千夏ちゃんがどうか幸せでありますようにと、それだけを願いながら。

5

しずちゃんとの別れを済ませて院内に戻ると、さっそく次の仕事が待っていた。

菊田さんの介助だ。

診察室から望月さんに連れられ出てきた菊田さんは、車いすに乗せられ、右目に眼帯《がんたい》をつけていた。片目だけでは見づらいし、負担もかかるのだろう。分厚い眼鏡の奥で、菊田さんは何度も左目を瞬いていた。

菊田さんと直に言葉をかわしたことはなく、接点といえば、手術が行われるはずだったあの日に、遠くから見かけただけだ。とはいえ、カンファレンスで説明があったから状況だけは把握していた。今のこの姿を見れば、旦那さんとお母さんが必死で止める気持ちもわかる。

菊田さん自身も迷っているのが見てとれた。不安なのか、トイレの介助を終えて診察に戻る道すがら、ぽつりぽつりと自分のことを話してくれる。

「網膜がまた出血しちゃって……レーザー治療は受けたけど、進行は止められないんですって」

「そう……ですか」

「妊娠したせいでいろいろ悪くなってて。やっぱり、赤ちゃんは諦めるしかないみたい」

不公平だな、と思った。全身で我が子を拒絶していた千絵さんは、一緒に暮らす両親に隠し通せるほど、なにひとつ問題なく出産にたどりつけたのに。本当に産みたいのだろう菊田さんは、身体が丈夫じゃないせいで、中絶という望まぬ選択を迫られている。

こういう事情があったなら、私はあの子を許せたんだろうか。そんな、どうしようもないことを考える。特別な事情ってなに、と望月さんは聞いた。わからなかった。そもそも私が、誰かの決断に口を挟むこと自体がおこがましいのに。

けっきょくしずちゃんのこととなると、冷静さを失ってしまうだけなのだと気づいてまた動揺する。こんなんじゃ、望月さんが心配して当然だ。

「どうしたの？　なんだか泣いているみたい」

車いすを押す私を、菊田さんは気遣わしげにふりかえる。いけない、と私は笑顔をつくった。大変なのは菊田さんのほうなのに。

「そんなことないです。すみません、黙っちゃって」

「わかった。怒られたんでしょう。あなた、まだ若そうだし。学生さん？」

「看護学科の高校生です。助手なので、怒られるのはしょっちゅうですけど、今は

「その……ちがくて」

目じりに手をやると確かに涙がにじんでいた。この仕事をはじめてから、私の涙腺はずいぶん緩んでしまったみたいだ。

「お世話していた赤ちゃんが、さっき……退院したんです。それで」

「そんなに寂しかったんだ。ほんとに赤ちゃんが好きなのね」

「いえ、それは全然」

否定すると、きっぱりとした私の口調に驚いたのか、菊田さんは小さく首をかしげた。……そう、そうなのだ。私はもともと〝子供好き〟では決してない。だから、不思議だった。

「どちらかというと昔から子供は苦手で。あ、もちろん、見ればかわいいなあと思いますよ。こういう仕事を選んだくらいですし。でも自分が赤ちゃんを産みたいと思ったことも、一度もないんです」

それなのになぜ、自分があんなにもしずちゃんの存在に癒《いや》され、魅了されてしまったのか。今も気を抜けば泣いてしまいそうなくらい、彼女がいなくなったことが寂しくてしかたないのはどうしてなのか。

「変ですよね。でも……あの子だけは特別だったんです。理由はよくわからないけど離れたくなくて。今もじわじわ、胸にくるっていうか」

「……わかる」

菊田さんはつぶやいた。

「私も子供が欲しいなんて、本当は一度も思ったことはなかったの。由比先生に言われたとおりよ。子供を産むことでなにか自信が持てるんじゃないか、自分の人生にも価値があるって思えるんじゃないかって……そんなの、完全にエゴだよね。生まれてくる子のことなんて、全然考えてなかった。まわりにも心配と迷惑しかけないし、そんな出産、いいわけないってわかってる。でも、……でもね」

息継ぎするまもなく、菊田さんは一気にまくしたてる。

「子供ができたってわかったら、なんでだかわからないけど、いやだ、って思った。堕ろすなんていやだ。この子が消えちゃうなんていやだ。目が見えなくなる？　それが何よ。私は産みたい。この子を産みたいんだ、って身体が叫びだして」

そこでふと、菊田さんは口をつぐんだ。誰かの病室か、新生児室か、どこからか赤ちゃんの無防備に泣く声が聞こえてくる。

「……本当に、なんでだろうね」

困ったように、菊田さんは笑う。

そうですね、と答えるよりほか、私にできることはなかった。ただ、確信する。菊田さんは産む。旦那さんとお母さんにどんなに反対されたとしても、きっとこの人は、自分の赤ちゃんを守るのだろう、と。

いてもたってもいられなくなった私は、終業時間を迎えるやいなや自転車に飛び乗った。とにかく一言、あの子に——千絵さんになにか言ってやりたかった。命がなにか、なんて聞かれても私だって答えられない。だけど簡単に捨てられるようなものじゃないってことくらいはわかる。

大通りを越えて、坂道をくだって、私は隣町をめざした。国道沿いは車通りも人通りも多く、トラックのエンジン音とざわめきで溢れている。自転車のスピードも出しづらく、陽が沈みかけているとはいえ蒸し暑い空気がべとりと肌にはりつき、汗が全身から噴き出していた。信号を待つあいだ、こっそりメモした住所と、交差点の表示を見比べる。まだまだ、先だ。信号が青に変わると私はふたたび、ペダルを力強くこいだ。

しずちゃんの家は小高い丘の上にあるはずで、意外と傾斜のきつい坂を、私は自転車を降りて、押しながら登った。……家に帰ったらシャワーを浴びなきゃ。そう思ってふと、あの子はお風呂場でしずちゃんを産んだのだと思い出す。

なぜだか急に、目の前に情景が浮かんだ。すべての音をかき消すように噴き出すシャワーの音。床のタイルを流れていく、鮮血。その床に手をついて、肩で息をしながら歯を食いしばっている千絵さんの姿。お風呂場には千絵さんの汗と涙を吸い込むように、湯気がたちこめている――。

爽《さわ》やかな夏の朝に、あの子はたった一人きりで、誰にも言えずに子供を産んだ。家にはお母さんがいる。おかしなところがあればすぐにバレてしまう。だからいそいで風呂場を掃除した。身体はまだ出血を続けているのに、小さすぎる赤ちゃんを抱き締める間もなく、バスタオルにくるんで紙袋に隠して。

自転車をこぐのは相当に、痛みをともなっただろう。このあたりは坂が多い。だけど立ち止まるわけにはいかない。自転車のかごには赤ちゃんがいるのだ。泣き声が聞こえたら、捕まってしまうかもしれない。無数の人が行きかう道のなかで、誰に助けを求めることもできず、自転車をこぎ続け、そして。

たどりついたのだ。由比産婦人科に。

道すがら通り過ぎた国道のビルの狭間や河川の土手。商業施設のトイレだって、捨てる場所は近所のゴミ捨て場以外にもたくさんあったはずなのに。彼女は、痛みをこらえて私たちのクリニックまで自転車をこぎ続けた。

――きみは、どうしてうちに捨てたのかな。

――前にも来たことがあった？

由比先生の問いかけに、動揺していた。

あった、んじゃないだろうか。

家族や知り合いに見つからない、けれど日帰りで帰ってこられる産婦人科を調べて。誰かに助けてほしくて、一度はクリニックの前まで来たのかもしれない。でも、入れなかった。こわくて、こわくて、こわくて。けっきょく最後まで、自分ひとりで抱え続けてしまった。

拭っても拭っても汗は額から流れ落ちていく。私は自転車の向きを変えた。

――どんな気持ちで見たんだろうね。

夕暮れの喧騒に耳を澄ませながら、私は目を閉じてそっと考えてみる。
桜の絨毯《じゅうたん》を踏みしめながら、あの子がいったい何を想っていたのかを。

6

産みたいです、と里佳子は揺るぎない口調で言った。迷いはもはや欠片《かけら》もないように見えた。

「先生、私全然大丈夫じゃありません。現に身体は悪くなっているし、産んだらもっと悪いことが起きて、二人の人生をめちゃくちゃにするかもしれない。毎日の生活のこともお金のことも、ぜんぶ二人に頼りっきりだし。私に何かあれば赤ちゃんだって」

実とゆかりを見れば決心が鈍るからだろうか。里佳子はあえて二人は見ずに、左目だけの視線をまっすぐ由比に注いでいた。

「だからこれは、私の我儘です。自分のことしか考えていない。だけど、それでも産みたいです。……産ませてください」

そう言って里佳子は、深々と頭を下げた。

由比は答えなかった。かわりに、確認するように実とゆかりを向く。

「お二人はどう思われますか」

「ごめんなさい。実くんもお母さんも、本当にごめんなさい……」

「いや、……いいんだ。だって普通ならみんな喜ぶことだ。なんで里佳子が謝るんだよ。妊娠して謝ることなんかない」

泣き出しそうな里佳子の視線は、今度は、黙りこんだままの母に向く。

「お母さん」

「……好きにしなさい。あなたの望むように」

由比は、三人に気づかれないよう息を吐いた。これで決まりだ。

「では、妊娠継続ということでよろしいですね」

「はい。……よろしくお願いします」

「一緒に頑張っていきましょう」

微笑むと、里佳子は張りつめていた糸が切れたように、顔をくしゃくしゃに歪ませた。ありがとうございます、と震える声でつぶやいたあと、膨らみかけているお腹をそっと撫でる。

「きっと顔は見てあげられない。それでも、生まれてくるこの子に会いたいんです」

里佳子のお産には、港南《こうなん》医大付属病院の協力を仰ぐことになった。

出血した右目の網膜は、レーザー治療を行っても経過は思わしくない。腎症も進行しているし、血糖値コントロールはあいかわらず難しい。以前と比較すれば容態は改善されているとはいえ、妊娠中であることを考えればすべての数値が深刻であることは明白だ。産科医ひとりで対処できるケースではない。医大の付属病院ならば、眼科や腎臓内科ともチームが組める。

危険なことには変わりがなかった。

だがそれでも、本人が強く望むのであれば。家族にもその覚悟があるのであれば。出産を迎えるための最善を尽くすのが自分たちの仕事だと由比は思う。その日がくるまで自分はなすべきことをするまでだ。

7

「アーオちゃん！」

「うわっ！　わわわわわ！」

待合室の机をふいていると、突然背後から背中を叩かれ、私は悲鳴をあげた。大げさに飛びすさった私を、目を丸くして見ているのは真知子さんだ。

「ご、ごめん。そんなにびっくりするとは」

「あ、いえ、すみません……私、こういうのがだめで」

昔からそうだった。急に人からさわられるのが苦手で、相手が誰でも背筋がぞわっとしてしまい、反射的にはねのけてしまうのだ。そのせいで、相手を傷つけたり怒らせたりすることがしばしばあった。真知子さんはただ驚いただけのようで、ほっとする。

「今日も検診ですか？」

「うん。それと、またおばあが大量のサーターアンダギー送ってきちゃってさ。申し訳ないんだけど、食べてもらえると助かるなあって持ってきたとこ」

「わあ、うれしい」

「……どうしたの。なんだか今日、元気ないね？」

「え、そう……ですか？」

そんなつもりはなくても、無意識に考えてしまっているのかもしれない。千絵さんのことも、しずちゃんのことも、気持ちに区切りをつけたつもりで、やっぱりまだ、もやもやするものが残っていた。

私は真知子さんの膨らんだお腹に目をやる。

「あの、……ひとつ聞いてもいいですか？」

「私で答えられることなら」

「何が起こっているんですか、そのなかで」

「え？」

これ？　と真知子さんはお腹に手をあて、私はうなずく。なんだろう、と真知子さんはむずかしい顔で首をかしげる。

「うーん。……謎」

「自分のことなのに？」

「自分のことだけど、中にいるのは私じゃないからね」と、真知子さんは複雑そうに笑う。

「実際、私も変なのって思うよ。自分の身体に自分じゃないものが入ってるんだもん。時々、何これどうなっちゃうのって不安になることもあるし」

「でもやっぱり、赤ちゃんのことは大事なんですよね」

「そりゃあもちろん！……と言いたいところだけど」

真知子さんは顔を少しだけ曇らせる。

「だけどそう思わないときも正直、ある。だってよくわからないもん。つわりはきついし、自分がどんどん変わってっちゃうのも怖いし。そんなこと考えると、私このまま産んで大丈夫なのかなって、また不安になる」

「そういうときは、どうするんですか」

「うーんとね、おばあが言ってくれたの。まーちゃんのお腹は、いま、ヨットの帆みたいになってるんだよ、って。見たことある？　ヨットが風を受けて帆がパンパンにふくらんでいる感じ。風を〝はらむ〟って言うでしょ」

はらむ。……妊娠する、と同じ意味。

「大丈夫。なにも心配しなくても、気づいたら自然と前に進んでるよって。不安を無理にかき消すよりも、おばあのその言葉を信じるようにしてる。私は、ね」

あっけらかんと笑う真知子さんは、なんだかピカピカ輝いていて、こういうのを後光がさすというんだろうかと私は思った。

――気づいたら前に、進んでる。

だったら、いいんだろうか。わからないことだらけで、納得いかないことだらけで、腹が立ったり悲しくなったりする私も、このままで。

今でもよくわからない。しずちゃんと出会って、私のなかにいったい何が生まれていたのか。

大学病院に移った菊田さんは、もうほとんど見えなくなった両目で、食事療法の指導を受けながら、着実に出産への準備を進めていると聞く。日に日に体調が悪化していく現実を受け止めながら、それでもお腹の子に出会いたいと願ったその強い想いはどこから生まれてきたのだろう。

私には何もわからなかった。堕ろすことも、誰かに頼ることもできずに、ひとりでしずちゃんを産んで捨ててしまったあの子の内側には、どんな感情が育っていたのかも。

私はポケットにしまったネームカードをこっそり取り出した。《しずかちゃん女児　2410グラム》。母親のいない、もう名前も失ってしまった、私のかわいい赤ちゃん。これを母性と呼んでいいのかはわからないけれど、たった一瞬でも目の前の小さな命をたまらなくいとおしいと思った。その想いだけは本物だ。

私も、菊田さんも、そして——あの子も。

いつのまにか芽生えていた衝動に、私たちが突き動かされてとった行動が正しい選択だったのかどうかはわからない。それでも、そのとき感じたことに、想いに嘘はなかった。ないはずだと、信じたかった。

第三章

その姿を待合室で見かけたとたん、足がすくんだ。

太鼓《たいこ》を打ち鳴らすように激しくなる動悸《どうき》をこらえて、観葉植物の陰にひそみ、様子をうかがう。検診の検査表と体温計を渡しにいかないといけないのに。息が荒くなってどうしても動けない。

——どうしよう。

これは仕事なのだ。さっさとしないと、望月さんにも怒られる。だけどソファにどっしり腰を下ろして腕組みしているあの人の、眉間に寄った皺と苛立たしげに小刻みに動く指先を見ているとどうしても一歩が踏み出せなかった。

大きな目がぎょろりと動く。私をとらえそうになる。見つかる。叱られる。また怒鳴られる！　観葉植物と一体化するように身をかがめていると、

「青田さん」

看護師長の榊さんに声をかけられた。泣き出しそうな私をたしなめることもなく、優しく宥《なだ》めるように微笑んでくれる。

「それ、貸して。阿部《あべ》さんのお世話は私がします。今日はなるべく顔をあわせないように裏の仕事をしていなさい」

「ありがとうございます……」

由比産婦人科のバイトを始めてもう一ヵ月以上が経った。夏休みが明けても私はやめることなく続けている。仕事には慣れたし、助手として少しは役に立てるようになったつもりでいた。だけど。

まさかたった一人の患者さんに、わずかな自信を木《こ》っ端微塵《ぱみじん》に粉砕《ふんさい》されるなんて、思ってもみなかった。

1

一週間前、初めてクリニックを訪れたときからあの人——阿部さおりさんは不機嫌だった。

「何が大丈夫なの？」

それが、阿部さんからぶつけられた第一声だ。

阿部さんは市民病院から転院してきた、三十二歳の八ヵ月妊婦だった。大きなおなかをさすりながら、初診の問診票を受け取った私に、険のあるまなざしを向けた。

「今あなた、大丈夫ですよって言ったよね。大丈夫って、何が？」

「え、あの……この時期に転院って、不安なことも多いと思ったので……心配ないですよ、って……」

「帽子も被ってないってことはあなた、見習いよね。国家資格ももたない素人にどうして大丈夫かどうかがわかるの。だいたいなんで見習いなんかに世話されなきゃなんないわけ」

「でも、体温測るだけですし……これ、検尿のカップを渡すだけなので、私でも」

「あんたが名前を書き間違えたらどうすんの。カップを取り違えたら？　それでなんかあったら誰が責任取ってくれるの？」

「いや、そんなことは」

「起こらない？　100パーセント？　絶対に？」

「そ……れは……」

「大丈夫なんて、どうしてあんたなんかに言えるのよ！」

待合室がにわかにざわめきはじめ、私は手元がぶるぶる震えるのを感じた。大丈夫です、できます。そう言えばいいのに、唇も震えてうまく声がだせない。

「答えられないの？　だったらあんたは信用できない。誰かちゃんとした看護師連れてきて。早く！」

なんで。どうして初めて会う人にそんなこと言われなくちゃいけないの。まだ何か失敗したわけでもないのに。

訴える気持ちが表情に出ていたのだろう。阿部さんの眉はますます吊り上がった。

「なによ、なんか文句あるの？　こっちがおかしいみたいな目で見ないでよ！」

――それ以降、阿部さんと私はことあるごとにぶつかりあうことになる。

「ずいぶん気が立っているみたいなのよね」

と、榊さんが肩をすくめた。

阿部さんが転院してきてから一週間。ナースステーションで半泣きになっているのは私だけでなく、川井さんもしばしばうなだれて涙を浮かべていた。

「初診のときから、由比先生にもずっと喧嘩腰《けんかごし》でね。先生の見た目が若すぎるからっていうのもあるだろうけど。血液検査の結果はなんの異状もなかったし、母子ともに順調だって説明しても、本当にそうですか、って」

「ああ、口癖みたいにいいますよね。本当に？　絶対大丈夫なの？　って」

望月さんも、困ったように腕を組む。

「お産には絶対なんてないから……どうしたって私たちには大丈夫ですとは答えられないですよね」

「先生もそう言ったの。それでも今の段階では悪い兆候はひとつも見られないし、ないものをあるんじゃないかと疑ってストレスを感じる方が体にも心にもよくないと思いますよ、って。そうしたら」

——今の段階で、ね。ま、そう言うしかないですよね。

いやみっぽく、じっとりとした視線を向けて、阿部さんは言い放ったという。なにがなんでも信用しないと言いたげな頑なさで。

——だったらどうして、ここに来たんだろう。

信用できない人たちに囲まれて赤ちゃんを産むほど、不安なことはないだろうに。だけどそもそも、誰だったら阿部さんは信用できるんだろう。

大きな声で責めたてられたときのことを思い出すと、阿部さんが目の前にいなくても私の身はすくんでしまった。ときどきそういう患者さんはいるものだから気にしすぎないように、と榊さんも望月さんも慰めてくれたけれど、阿部さんの刺々《とげとげ》しい声が聞こえてくるたび委縮してしまう。

阿部さんの存在を意識するだけで私は、普段ならするはずのないミスを連発した。測ったばかりの阿部さんの体温計の電源を消してしまったり、阿部さんを案内する順番を間違えてしまったり。些細なミスはますます阿部さんの怒りに火をつけ、別の患者さんにトイレの場所を教えていただけなのに、「その子見習いだから、ちゃんとした看護師に聞かないと危ないわよ！」と叫ばれたこともあった。

阿部さんが検診にくるたびその影に怯えている私に気づいて、できるだけ接触を避けていいと榊さんは言ってくれた。阿部さんは明らかに私をいちばん目の敵《かたき》にしていて、彼女の精神衛生上にもよくないと思われたのだろう。公に許しを得たのをいいことに、私は阿部さんを見かけるとその場から逃げ出すようになった。阿部さんの姿や声がない限りは、私が小さなミスを犯すこともなかったから。

だけど同じ院内にいて、いずれは入院もするのに、出産まで一度も顔を合わせないなんてできるはずもない。逃げまわっていたある日、ついに私は、トイレで阿部さんと鉢合わせた。検尿の紙コップを回収し、検査にまわそうとケースを持ち上げたときだった。奥の個室からゆらりと阿部さんが現れたのだ。

「あっ、……あ、の、検尿なら……」

「違うわよ。なに、あんた今日もいたの。仕事ならさっさと行きなさいよ」

「はい！　お大事に……」

動揺しすぎていたのだろう。まさか遭遇するとは思わなくて、一刻も早くその場から立ち去りたくて、私はケースを抱えた肘を、あろうことか洗面台にぶつけてしまった。痛みよりも衝撃で私は弾かれ、ケースが傾《かし》いだ。あっと声をあげたときには、紙コップは中身もろとも落下した。

空になった紙コップが、軽やかな音をたてて阿部さんの足元に転がっていく。誰かの尿が床に水たまりになるのを、阿部さんは仁王像のように睨みつけていた。

「す、すみません……！　本当にすみません、いま……！」

飛沫《しぶき》が阿部さんにかからなかったのは幸いだった。けれど頭が真っ白になって次の行動に移れない。そんな私に阿部さんは冷めた視線を送る。

「謝る相手は私じゃないよね」

低く押し殺したその声に、これまで浴びせられたどんな罵声よりも背筋が凍りついた。

「これ、このあと検診受ける人のだよね。どうすんの」

「謝って……もう一度……」

「もう一度が許される職場じゃないでしょう！」

阿部さんは金切声に似た絶叫をあげた。

「自分の仕事をいったいなんだと思ってんの。あんたが……あんたみたいな人がいるから!!」

「すみ……ません、本当に、申し訳ありません……！」

「こんな初歩的なミスして恥ずかしいと思わないの!?　あんたいったい、どういうつもりなのよ！」

阿部さんは紙コップを乱暴に蹴飛ばし、洗面台の下ではねかえったそれが私のくるぶしにあたった。声が、出ない。謝らなきゃ、片づけなきゃ。そう思うのに、背中に冷たい汗が流れるばかりで、何もできない。

——こんなことして恥ずかしいと思わないの!?

かつて何度となくぶつけられた怒りの声が、頭のなかに響き渡って。

あれはいつだっただろう。小学校の入学式？　三年生のときの遠足帰り？　つかまれた腕の痛み。ひきずられたときの足裏の感触。爆発しそうな怒りをこらえて般若のように歪んだ母の顔。忘れていた、閉じこめていた景色が一気に脳裏をかけめぐる。

ひくっ、と咽喉《のど》が鳴った。

すみません、という声はかすれて呼吸と一緒に抜けていった。からからから、と紙コップが転がる音に重なって、遠くから聴こえてきたのはオルゴールの涼やかな音色だった。ハッピーバースデー、トゥーユー、ハッピーバースデー、トゥーユー……。生まれたての赤ちゃんが泣く声と拍手が、扉一枚へだてて緊迫した私たちのもとにも届く。阿部さんはふっと無表情になってふくらんだおなかに手をあてた。そしてそれ以上、私のことは見ようともせずに背を向ける。

「あんたに看護師なんか無理よ。事故起こす前に辞めたほうがいい」

そう言ってトイレを出ていく阿部さんに謝ることも、片づけることもできずに私はただその場に立ち尽くしていた。膝《ひざ》が震えて、その場に崩れ落ちてしまいそうな身体を、両足で支えるので精いっぱいだった。

辞めたほうがいいのかな、とつぶやきが宙に浮く。何をやってもうまくいかない。どこにいっても叱られる。

私はただ、……信頼される人になりたかっただけなのに。

2

翌週から、高校の病院実習が始まった。週に二回だけれど、授業で準備することも多く、私は一週間だけバイトを休むことにした。……というのは建前で、本当はただ考える時間がほしかった。阿部さんの顔を見るのは怖かったし、由比産婦人科で自分が働き続けてもいいのか、迷惑をかけるだけなんじゃないかと、眠れなくなる夜が続いていたから。

三浜《みはま》市民病院で、同級生たちとグループを組んで私がお世話することになったのは、脳出血などが原因で、手足や半身に麻痺《まひ》が残った高齢患者さんたちだ。食事の介助やトイレの付き添いはバイトで何度も経験したことだったから、手慣れていると褒められたのは嬉しかった。気難しい患者さんはいるけれど、たいていむすっとするだけで声を荒らげることはめったにない。指導係の松澤《まつざわ》さんも優しくて、怒鳴り声が聞こえないだけでこんなにも心安らかになるものかと驚いた。こういう場所でなら働ける、と私は失いかけていた自信をほんの少し、とりもどした。

「あなた、若いのにしっかりしてるねえ。えらいわねえ」

歩行器を使ってゆっくり歩く、中野《なかの》さんというおばあさんを支えてトイレに向かう。

「全然ですよ。ここに来る前は、この仕事に向いてないかもって落ち込んでて」

「あらあ、そうなの？　でも若いときはみんな失敗するものだから」

「……失敗が許されない職場って、それは私もわかっているんですけど」

ぼそぼそと答えた私の声は、中野さんの耳には届かなかったらしい。ん？　と耳を寄せてきた中野さんに、私は笑って首をふった。

阿部さんの言うことは、間違っていない。とくに命の誕生にかかわる産婦人科では、ほんの少しのミスが致命傷になりかねない。泣いたり落ち込んだりするなんて、ましてやそれを阿部さんのせいにするなんて、お門違いだということくらいはわかっていた。それでも阿部さんの言葉がもつ激しさは、私を必要以上に打ちのめす。何もそこまで言わなくたってと、傷ついた心に小さな反抗が芽生えてしまう。

——こんなだから、だめなのかな。

阿部さんのことを思い出すだけで、心臓を鷲掴《わしづか》みにされるような痛みが走った。

「元気だしてね。あなたがいてくれて、私たちは助かっているわよ」

「ありがとうございます。歯みがき、自分でできるようになってよかったですね」

「そうね。自分でやれるのってやっぱり、気持ちいいわね。でもちょっと疲れちゃった。はやくベッドに横になりたい」

「あ、そこは」

気持ちがせいたのか急に歩みをはやくした中野さんは、近くの個室のドアに触れた。20センチほどスライドさせてしまったところで、私はとどめる。

「中野さんの部屋はあっちです。戻りましょうね」

音を立てないようにそっとドアを閉めながら、何気なしに中を覗いた私は息を呑んだ。窓を背に、ベッドに眠る誰かの手をとっているのは、見覚えのある顔だったから。

――どうして。

反射的に身が縮みあがる。けれどすぐに気づいた。その顔は、いつもの怒りに満ちたものではない。見ているこちらの胸がつぶれそうになるくらい、悲しみに支配された弱々しさが浮かんでいた。

一瞬のことだから、見間違いかもしれないけれど。

あれはまぎれもなく、阿部さんだ。

「あらやだ、まちがえちゃった。ごめんなさいね」

中野さんの声で私の意識は引き戻される。けれど心はずっと病室に引っ張られたままだった。中野さんを介助しながら、去り際にドアのネームプレートを見やる。

506号室、阿部雄二《ゆうじ》、とそこには書かれていた。

迷った末に実習帰り、制服のまま由比産婦人科に立ち寄ると、先生は院長室で一息ついているところだった。手元のマグカップからはコーヒーの湯気がたちのぼっている。大きな仕事はすべて終わったのだろう。先生は何が起きてもすぐに対応できるように、日中は昼休みであっても絶対にコーヒーを飲まない。大好きだけど飲めなくて冷めてしまうことが多いし、できるだけ腰は軽くしておきたいから、と前に教えてくれた。

「どうしたの。しばらくは来られないんじゃなかった？」

先生は、椅子に腰かけるようにうながしてくれる。だけど私は突っ立ったまま、言葉を探していた。

「あの……今日、三浜市民病院に行ったんですけど」

「病院実習だっけ」

「はい。それで……」

阿部雄二さんの名前は、看護リストに載っていなかった。

締めのカンファレンスで松澤さんにそのことを聞くと、ナースステーションに緊張感が走るのが分かった。私たち学生以外の看護師さんたちの顔色もあからさまに変わった。けれど松澤さんは、不自然なくらい何事もない調子でこう言った。506号室の患者さんは、皆さんには少し難しい患者さんです。間違って入ったりしないよう気をつけてくださいね。

難しい、ってどういうことだろう。

阿部さんがいつも肩をいからせている理由に、関係あるんだろうか。

私の様子をみて、由比先生はなにかを察したようだった。ああ、と夕焼けに染まった空を背に、深い息を吐いた。

「阿部さんに会ったんだね」

「……はい。見間違いかな、と思ったんですけど……」

「青田さんは、阿部さんに何度もひどい怒られ方をしたんだって?」

私をかばうような声色に、反射的に私は首を振った。

「しかたないんです。私が、ありえないミスをしたから」

「でも怖かったでしょう。……悪かったね、阿部さんの事情は榊さんと望月さんにしか言ってないんだ。あまり人に知られたくないかと思って」

「事情……」

「でも実習があの病院なら、顔を合わせるかもしれない。きみも知っておいたほうがいいだろう」

そう言って先生は、ひとくちマグカップに口をつけた。

「あの病院にはいま、阿部さんの旦那さんが入院しているんだ」

「やっぱりあの人……。難しい病気、って聞きましたけど」

「五ヵ月前に急性虫垂炎《ちゅうすいえん》の手術を受けたんだよ」

急性虫垂炎？

私は首をかしげた。要するに、盲腸《もうちょう》だ。痛みは激しいし、放置すれば危険だけれど、手術自体はそれほど困難ではないはずだし、病が長引くものでもない。私の考えていることを見てとったのか、先生もうなずく。

「ふつうなら五日で退院できる。旦那さんの手術も通常どおりに終わった。だけど全身麻酔で、覚醒させて気管チューブを抜いたあとに、突然サチュレーションが下がって自発呼吸が止まったんだ。麻酔科の先生が再挿管しようとしたけど、気道が締まって入らなかった」

先生の説明を耳に、私は教科書の一文を思い出していた。――喉頭痙攣《こうとうけいれん》。ごくまれに起きる合併症。すぐに気づくのは困難で、気づいたとしても処置には数分がかかってしまう。

「阿部さんの旦那さんは、筋弛緩剤《きんしかんざい》を入れて挿管するまで六分かかった。その六分が、脳に深刻なダメージを与えてしまった」

――あんたみたいな人がいるから!!

「重度の低酸素脳症。自発呼吸は戻らず、意識を回復する可能性は、ほぼないと言われている」

――大丈夫なんて、どうしてあんたなんかに言えるのよ!

「麻酔科は、手術の前に必ず全身麻酔に関する合併症について説明する。もちろん同意書もとる。防ぎようのない事故が起きてしまうのが手術だから」

「……でも、納得できないですよね」

「そうだね」

「だって……盲腸、ですもんね……」

「誰も二度と目が覚めないなんて思わないだろうな」

きゅうっと、心臓に小さな痛みが走る。

だけどそれは、阿部さんに怒鳴られたときとは少し違っていた。

3

どうしてこんなことになったのかな、と阿部さおりは夫・雄二の頬を撫でた。おおらかで、大概《たいがい》のことには動じない人だった。出会ってから今までずっと、笑うところ以外、見たことがなかった。……ああ、一度だけ。プロポーズを受け入れたときだけは、顔をしわくちゃにして泣いていたっけ。

性格をあらわすかのように、ふっくらと大柄な体は、五ヵ月のうちにずいぶんしぼんでいた。何度ダイエットしてもうまくいかなかったのにね、とこけた頬をぺちぺち叩く。痛そうだねえ、大丈夫？ と気管切開されて太いチューブの入った咽喉をながめる。でかい図体してるくせに、ゆうくん、痛いのは苦手だったのにね、と切なくなる。閉じた目には角膜保護のためテープが貼られている。肌はかさかさ。

別人のようになった彼の笑顔を、このままだと忘れてしまいそうでさおりはこわかった。

五ヵ月前は、幸せだった。

うたた寝することが増えて、においに敏感になったさおりに、妊娠したんじゃないかと、最初に気づいたのは雄二だ。盲腸の痛みに腹を押さえてはいたけれど、血色はよく、太って肌もつやつやしていた。

「せっかくだから、俺が手術しているあいだ、産科で見てもらってこいよ。嬉しいなあ。俺、パパになるんだぜ？」

「気が早いな。ただの疲れだったらどうするのよ。がっかりするよ？」

「いーや、そうに決まってる。……男だな。絶対に男の子。な、そうだよな」

そう言って雄二は、さおりのまだぺたんこだったお腹に語りかけた。

「俺が目覚めたときには、いちばんに結果を教えてくれよ。だから絶対、手術が終わる前に行ってこいよ。産科、三階にあるって。いいか、産科だから三階だぞ！」

「はいはい、覚えやすいね。わかったから。ほら、いってらっしゃい」

「おう。じゃあまたあとでな！」

布袋《ほてい》さんみたいな笑みをうかべて、妊婦よりもでっぷりした腹をゆらして、雄二は手術室に入っていった。ドアが閉まりきるまでずっと、さおりに手を振っているのが隙間から見えて、吹き出した。それが元気な夫の姿を見た最後だった。

信じられなかった。

まさか盲腸で、夫が目覚めなくなるなんてことがあるだろうか。

絶対に何かを隠していると思った。重大な医療ミスが起きて、それを病院ぐるみで隠蔽《いんぺい》しようとしているのだと。

けれど、外科部長も事務局長も、淡々と機械的に書類を差し出してくるだけだった。

「手術記録もすべて開示しています。何かを隠すようなことはありません」

「雄二さんの今後の治療につきましては、当病院で責任をもってあたらせていただきます。入院費もできるかぎりご負担のないようにいたしますので」

「そんな話してるんじゃないでしょう!?」

入院費、という言葉にかっとなって、さおりは机の上の書類を払い落とした。麻酔科医による説明書類と同意書。そこに雄二が自分でサインしたのだと、証拠のように突きつけられたからってそれがなんだというのだ。けっきょく病院が気にしているのは金銭と体面のことしかないのだと思い知らされるだけだった。

誠意がない、と唇を噛んだ。

本当に申し訳ないと思っているなら、どうしてその麻酔科医がこないのだ。隠し事はないなら、まずは本人が自分で説明して手をついて詫びるのが先だろうと思った。けれど。

「申し訳ございませんでした」

部外者が、何一つ責任を負わない人たちが、示し合わせたかのようにそろって同じ角度で頭を下げる。

「ふざけないでよ！」

そう叫ぶことしか、さおりにはできなかった。

誰のことも信じられなかった。

できるだけ毎日、病院には通った。ちょっとでも目をはなすと、心無い人たちの手で雄二が傷つけられてしまうような気がした。ナースステーションの前をとおりすぎるたび、看護師が同情の視線を向けてくるのがわかった。それがだんだん腫れものを扱うような態度に変わったのは、何ヵ月経ったころだろう。勝手に、思い込んでいただけかもしれない。本当は心の底から、雄二とさおりに申し訳ないと詫びて、憐れんでくれていたのかもしれない。だけど、だからといって雄二が目を覚まさない以上は、さおりの心が緩むことはなかった。由比産婦人科に転院したのは、あの病院の誰とも必要以上に口をききたくなかったからだ。雄二が待ち望んでいるこの子まで危険に晒されたらと、想像するだけで気を失いそうだった。

もちろん由比産婦人科だって、信用しているわけじゃない。

あんな経験も知識もない小娘に、病院をうろつかせるくらいだ。いつどんなミスをしでかすかわからない。それでも子供が腹の中にいる以上、とりあげてくれる手は必要だ。さおりが望むのはただ、雄二を我が子に会わせてやることだけ。そのためならどんな理不尽にも耐えられる。

だからその日、さおりは鼻息荒く由比産婦人科に向かった。検診予定もないのに診察室に押しかけたさおりを、由比も榊も戸惑いながら迎えた。

「今すぐ産ませてください。帝王切開でもなんでもいいから」

有無を言わせぬ口調で告げたさおりに、いつもポーカーフェイスを貫いている由比もさすがにわずかばかり目を見開いた。

「32週では、赤ちゃんの肺がまだ未熟です。肺だけじゃなく、すべての臓器が。いま生まれたらNICUで保育器に入って、人工呼吸器も必要になります。少なくとも35週くらいまではお腹で育てたほうが」

「そんなのはどうでもいいの！」

御託《ごたく》はもうたくさんだった。さおりは拳《こぶし》でデスクを思いきりたたいた。

「旦那が危篤なの！　いま産まないと会わせてあげられなくなるでしょう!?」

病院から電話がかかってきたのは今朝のことだ。すぐにでも駆けつけたい気持ちをこらえて、さおりはここにきた。

「もって数週間、明日心臓が止まってもおかしくないって……っ。だから今すぐ産まなきゃならないの！」

「……お気持ちはわかります」

「わかるわけないわよ、私の気持ちなんて誰にも！」

声が震えて、さおりはうつむいた。由比はそれでも動じることなく、そうですね、と冷静に返した。

「でもわかることもあります。なんの問題もない赤ちゃんを、むりやり32週の状態で産ませるわけにはいきません。生まれてきた赤ちゃんの健康を損なうリスクが高すぎます」

この声がいやなんだ、とさおりは思った。事務的で、冷静で。応接室で書類とともに説明を受けた、あのときのことを思い出す。

「お母さんを守るのと一緒で、赤ちゃんの権利を守るのも私たちの仕事なんです」

榊が言った。——だけど、妙に同情的なこの声も、やっぱり嫌だとさおりは榊を睨《にら》みつけた。

「二つの命を預かる者として、阿部さんの希望には添えません。我々は、阿部さんが安全に出産することを最優先します。そのために力を尽くします」

「……きれいごとばっかり」

さおりは立ち上がった。これ以上、なにを言っても無駄だ。けっきょく他人事《ひとごと》なのだ。この人たちに、さおりの絶望はわからない。だからといって、他の病院に駆けこんだところで同じだろう。けっきょく誰も助けてくれない。

「自分が責任を負いたくないだけのくせに」

こんな奴らに涙なんか見せてやるもんかと、診察室を出る。そこにいたのは、あの失敗ばかりの小娘だった。さおりの顔を見るなり怯《おび》えを表情によぎらせる。

ばっかじゃないの。

鼻で笑ったつもりが、嗚咽《おえつ》がこみあげる。歯を食いしばってさおりは、クリニックをあとにした。

4

実習もバイトもなく、久しぶりに丸一日お休みの日曜日、私はお母さんと隣町のカフェに行った。初めてのバイト代で何かプレゼントしようかと言ったら、一緒に来たいと言われたのだ。雑誌で紹介されているのを見て、気になっていたらしい。

オープンテラスの席に通されて、注がれたお水はほのかにレモンの味がして、慣れないおしゃれな空間に私もお母さんもそわそわしてしまう。注文したのはベルギーワッフルのバニラアイス添え。生クリームもふんだんに盛り付けられ、チョコレートソースでデコレーションされている。お母さんのは、イチゴのソースだ。そのかわいらしさに歓喜の声をあげたお母さんは、店員のお兄さんに声をかける。

「ね、これ、流行《はや》ってるんですよね？」

「アイスを添えているのはうちのオリジナルですけどね」

「おいしそう。今日はね、娘がごちそうしてくれるんですよ。初めてもらったバイト代で」

「ほんとですか。僕なんか大学生だけど、自分のためにしかバイト代は使ってませんよ。えらいなあ」

本気で感心したような目をする店員さんに、居心地が悪くなって私はうつむく。お母さんは気にせず、はしゃいだ声を出す。

「でしょー。もう、涙が出そう」

「ゆっくりしていってくださいね。コーヒーはおかわりできますから、お気軽にお声がけください」

「ありがとう。……ねえ、ちょっと。あの子、めちゃくちゃかっこよくない？」

「それよりアイスが溶けちゃうよ。食べようよ」

「あんた、ほんと男の子に興味ないね」

つまらなそうにお母さんは膨れるけれど、見ず知らずの男の人よりいまは目の前のワッフルのほうが大事だ。アイスと生クリームをのせて口に放り込むと、あたたかいのと冷たいのが溶け合った。体験したことのない味わいに幸せを噛み締めていると、お母さんもどれどれと手を出し、同じような顔つきになる。

「こんなにおいしいもの食べるの久しぶり。アオイのおかげだね」

「おおげさ」

「でも、店員さんもえらいって言ってたじゃない。お母さんもそう思うよ。看護師って大変な仕事なのに、学校が始まってからもよく続けてる」

私は曖昧に微笑んだ。失敗ばかりだけどね、という自虐的な言葉は飲み込む。

「褒められるの、照れくさい？」

「……ていうか、慣れてない。なにやっても怒られる人生だから」

私は溶けかけのアイスをスプーンですくって舌の上にのせた。おいしいものはあっというまになくなってしまうから切ない。

「まあ、怒られるようなことばかりする私が悪いんだけど」

「でも前は、そう思っていなかったでしょ?」

私は黙って、紙ナプキンを手にとった。さっきお母さんと一切れずつ交換したせいで、アイスとソースがテーブルに垂れていた。拭きとると、今度はコーヒーに入れた砂糖の粉が落ちているのが気になってくる。細かいところが少しずつ目についてて、端からテーブルを拭き始めた私の手元を、お母さんはじっと見つめる。

「なんでそんなに怒るのって。わかんない、なんでって、あなた、そればっかりだったじゃない」

「……人が怒るのには絶対、なにか理由があるから」

私は阿部さんの、泣き笑いに似た表情を思い出していた。

「理由がわかれば、怖くなくなる」

「……そっか」

お母さんは目元をやわらげ、私に手をのばした。細い指先が私の手の甲にふれる。予期していなかった動きに私は、とっさにそれをはねのけ手をひっこめた。

——あ。

間違えた、と思ったときには遅かった。くす玉の時と同じだ。さっきまでの和やかな空気は、一瞬で風に乗って連れ去られていた。ごめん、と言うよりはやくお母さんは私から目をそらして立ち上がる。

「あー食べた、食べた。ちょっとトイレ行ってくる。コーヒーのおかわり、もらっといて」

「……うん」

「あ、やっぱだめ。お母さんが戻ってきてから呼んで。かわいい男子と触れあうせっかくのチャンスだもんね」

「好きだねえ」

笑うと、お母さんも笑ってくれる。だけどどこか、ぎこちない。

テラス前の通りを、小さな女の子がお母さんと手をつないで通りすぎていく。手の位置が高いからか、ぴょんぴょん飛び跳ねながら、時にお母さんがよいしょ！と引っ張り上げてくれるのを無邪気に喜んでいる。

行きかう人の波を眺めながら、私はコーヒーをすすった。ミルクも砂糖も入れたはずなのに、なぜだかとても、苦かった。

5

私はふたたび由比産婦人科のバイトに戻った。あいかわらず阿部さんは目をつりあげて待合室に座っていたけれど、私が怯えることはもうなかった。……いや、本当は少し怖かったけれど、それじゃだめだと思い直したのだ。

榊さんからは阿部さんの担当は外れていいと言われたままだったけれど、私は積極的に声をかけるようにした。

「阿部さん、こんにちは！」

「うわっ!!」

不意打ちで驚いたのか、阿部さんは体をのけぞらせる。

「なによ、大声出して。なんか用？」

「え？　とくに何もないですけど」

「はあ!?」

「今日もよろしくお願いします！」

　姿を見かけるたびに駆け寄るものだから、阿部さんは次第に、私が視界にうつるだけで面倒くさそうに逃げるそぶりすら見せるようになった。これまでと逆だ。

「またあんたなの。今日もうるさいなあ」

「これ、今日の検尿カップです。ほら名前、ちゃんと書いてあります。間違いないですよね」

　阿部さんは苦々しげに私を睨みつける。それでも私は、動じない。

「体温、36度6分。体重、60・3キロ。まちがいなく阿部さんのを記入していますから！」

「ちょっと！　人の体重、でっかい声で言わないでよ！」

「あ、すみません」

「ていうかどこまでついてくる気！」

　トイレの個室前までついて歩いていた私に、阿部さんは嚙みつく。紙コップを奪い、乱暴にドアを閉めた阿部さんに、私はめげずに声をかける。

「阿部さん、私ずっとここにいますから。気分悪くなったりしたら、声かけてくださいね！」

「やりにくいわ！　外出っててよ！」

それもそうか、と私は素直に廊下に出る。

妊娠経過は順調なはずなのに、近頃の阿部さんはいつも顔色が悪かった。理由はわかっていた。山は越えたものの、雄二さんの身にはいつ何が起きてもおかしくないからだ。

雄二さんの容体が急変した朝のことはよく覚えている。松澤さんが担当医に呼ばれて、506号室に駆けつけた。肺炎を起こしたらしい雄二さんを、何人もが慌だしく出入りしながら処置しているのを、私たち実習生はなすすべもなく見守っていた。

そのとき、廊下の向こうで様子をうかがっている一人の男の人が見えた。スクラブと呼ばれる医療ユニフォームを着ていたその人は、何かを堪《こら》えるような、悔しそうな顔をしたまま近づこうとはせず、ただ病室に視線を注いでいた。けれど私と目が合うと、ふいっと背を向けどこかに立ち去った。

その人が着ていたスクラブはえんじ色。あの病院でその色をまとうのは麻酔科医なのだとあとから知った。

「ちょっと、なにぼけっとしてんのよ！　紙コップ置いといたから、持っていきなさいよ！」

いつのまにか阿部さんがトイレから出てきて、私にがなりたてた。

「すみません。……あ、そういえばこれ、プルーンの飴《あめ》なんです。鉄分がとれるから合間に舐めなさいって母がくれたんですけど、阿部さんもよかったらあとで」

「あんた馬鹿？」

ポケットからとりだした飴を一瞥《いちべつ》し、阿部さんは口元を歪める。

「患者にむやみに食べ物なんか渡しちゃだめでしょ？　だいたいこれ、糖分のかたまりじゃない。なに考えてんの！」

「あ」

「いいからあんたはとっととカップ、持っていきなさいよ！　仕事しろ！」

「はい！」

私は弾かれたように、トイレに駆け込む。出てきたときには阿部さんは、荒い足音をたててひとり診察室へと向かっていた。

ソファの隅が汚れている。冷房がきつすぎる。入院準備の冊子がなくなっているから補充しろ。それから阿部さんは何かにつけて、私を呼びつけるようになった。私はそのすべてに忠実に応え、院内を走りまわった。そうすると今度は、病院を走るなと怒られた。

「青田さん、なんでも言うことを聞くのが看護じゃないよ」

と望月さんが声をかけてきたのは、小間使いのように働かされている私を見かねてのことだろう。

「阿部さんにとりいって仲良くなろうとか思ってるなら、もっと間違ってるから」

「……仲良くなりたいわけじゃないです」

望月さんは怪訝な表情を浮かべた。

実際、こんなことで仲良くなれるとも思っていない。マイペースでとろとろした私は、たとえ同級生だったとしても阿部さんとは親しくなれないにちがいない。私はただ、気になって仕方がないだけだった。

「阿部さんはいつも、何にそんなに怒っているのかなって」

「そんなの、だいたいわかるでしょ」

「望月さんはわかるんですか？」

え、と望月さんは口をつぐんだ。

みんなには、普通の人には考えなくてもわかることかもしれない。だけど私にはわからなかった。阿部さんの言うことを、私は一つひとつ聞いて間違いなく対応している。阿部さんの望むとおりに動いている。だけどいつまでたっても、どれだけ何をしても、阿部さんは怒ったままだ。怒っても怒っても、怒り足りないというように。

「私は知りたいんです。怒る人の気持ち。ちゃんと、わかりたいんです」

「……そう。だったら好きにしなさい」

人が怒るのには必ずなにか理由がある。

怯えるだけじゃなく、逃げるのではなく、阿部さんのことを理解したかった。

阿部さんは由比先生に言われたとおり、35週まで待って出産に臨んだ。

「痛い痛い痛い！　誰か！　誰か来て！」

陣痛にこらえきれず、ナースコールのボタンを連打する阿部さんに、真っ先に駆け付けたのは私だった。余裕がないせいか、最近では荒らげることのなかった声のボリュームを最大限に、阿部さんは叫ぶ。

「またあんた!?　この病院、私のことナメてんの!?　こんなときまで!」

「いま、婦長がきますから。痛いですよね。ここ押すと、少し楽になりますから。さわりますよ!?」

阿部さんのあまりの気迫に、私の声も荒くなる。腰のあたりを押してあげると痛みが和らいだのか、阿部さんが長い息を吐きだした。バイトを始めたばかりのころは、背中をさすって肘鉄をくらったこともあったのに。そのまま腰をさすると、阿部さんの呼吸はほんのわずか穏やかになる。

「あー……ちょっと引いてきた……」

「だんだん間隔が短くなりますから。動けるあいだにトイレ行きましょう」

「わかった。連れてって」

阿部さんは素直にうなずくと、ごく自然に私の手を握った。一瞬、びくりとなるけれど、そのまま握り返してゆっくり阿部さんを立たせた。

そのあとも、阿部さんは私がそばについていることに文句を言わなかった。腰をさするためだけでもいて損はないと思われたんだろうか。うめく阿部さんにパックのジュースを飲ませると、阿部さんは痛みをこらえながらつぶやいた。

「……ありがと」

「えっ？」

予想外の言葉に目をむくと、阿部さんはむっとしたように私を睨む。

「なによ、私だってありがとうくらい言うわよ」

「あ……そう、ですよね……」

「だからって別にあんたのこと、信用したわけじゃないから」

よほどつらいのだろう。阿部さんは食事の台に枕をのせて、抱え込むように崩れかかった。

「あー……ほんと、むかつく」

枕からくぐもった声が漏れる。

「全員、むかつく！　どいつもこいつも!!　……っ、つ、またきた……」

「さすります！」

私が腰に手をあてると、歯をむきだしにしたまま阿部さんは息を吐いた。

「ねえこれ、誰に……どこにぶつければいいの」

「みなさん、好きに叫んだり愚痴言ったりしていますよ。もっと騒いでも大丈夫です。遠慮しないで」

「そうじゃないよ！　わかってないな！」

だん、と阿部さんは枕を叩いた。

「知ってんでしょ、旦那のこと。あの病院であんたのこと見かけたもん」

「あ……ええと、私はただ実習で……」

「ろくなことないよ、あんな病院で働いても！」

叫ぶ阿部さんの声は、けれど痛みのせいか、いつもほどの勢いはない。

「……誰も悪くないんだってさ。病院も、麻酔科医も。手術したやつも、みーんな。落ち度はなかったって言うんだよ。でもさ。じゃあいったい、何が悪かったっていうのよ！」

悲鳴に似た絶叫が、病室に響きわたる。

「仕方なかった。ゆうくんは運が悪かった。何よそれ。私はどうすればいいの？だってこんなに許せないのに！」

私は阿部さんの腰をさすり続けた。返せる言葉も、見つからなかった。

「私は許せない。許さない。しょうがないなんて思えるわけないでしょ？　腹が立って憎くて仕方がなくて、毎日爆発しそう。こんな思いを抱えたまんま、それでも私は生きていかなきゃならないのよ。誰を責めることもできずに！」

かっと見開かれた目から、大粒の涙がこぼれて枕に落ちた。ひとつ、ふたつ、と枕のしみは増えていく。

「もう誰も信じられない。そんな世界で、私はこの子を育てていくんだよ！」

私はひたすら、腰をさする。

「いたあああああああい！」

阿部さんの怒りをただ、耳で、この手で、感じて受け止める。


夜が来て、患者さんはみんな部屋に戻った。受付で入院準備の冊子を補充していると、肩をまわしながら由比先生がやってきた。

「よく気がつくね。助かるよ」

「あ、いえ。これは前に阿部さんが、あんたにできることなんてこれくらいでしょって……」

「はは。きついね」

「でもほんとのことですから」

補充し終わったら、今度はソファの汚れを磨かないといけない。阿部さんに指摘されたおかげで、誰より早くソファの汚れやズレに気づけるようになった。

「阿部さん、お産のときに言ってました。許さない、誰のことも信じられないって」

「……そう」

「私、病院で見たんです。麻酔科医の先生。たぶん、……その、手術のときの」

あの人はきっと、謝りたくても謝れないのだろう。謝ったところで雄二さんが目を覚ますわけでも、阿部さんの怒りが晴れるわけでもないから。むしろ謝られたことで阿部さんは、ますますやりきれなくなるだけかもしれなかった。悪くはない、落ち度はないというその人を、責めたてる自分のほうがいやになって。

阿部さんはいつも誰かに、何かに、怒っていた。

怒りながらいつも、そんな自分にも腹を立てていたような気がする。

「阿部さんの言うとおりだね。僕らにできることはとても限られている。必死でやったことも絶対に正解だったかって聞かれたら答えられない」

「先生でも……ですか」

「きっとみんな、同じだよ。それでもただひたすら、患者さんのことを考えて、やり続けるしかない。自分にできることを」

私は冊子の表紙に描かれた、お母さんと赤ちゃんのイラストを見つめた。安心して、笑ってる。私たちはこの笑顔を、現実のものにしなくちゃいけない。どんなに微力でも、非力でも、できることをひとつひとつ、積み重ねて。


「ねえ、教えてほしいんだけど」

退院の日、阿部さんはおもむろに私に聞いた。

「人間って、意識がなくても人の声は聞こえるって本当?」

阿部さんは真剣だった。確かにそういう説もある、けれど。

「私が勉強した程度なので、正確かどうかわかりませんけど……脳に重度のダメージがある場合、特に……低酸素脳症で自発呼吸もない場合、脳が音に反応することはありません。聞こえているってことは、ないと思います」

教科書を思い出しながら説明する私の言葉を聞いて、阿部さんは静かに長い息を吐いた。そして言った。

「あんたって、ほんと馬鹿ね。そういうときは嘘でも、聞こえてるっていうのよ」

「あ……すみません……」

「まあいいわ。あんたは嘘つかないってことはわかった」

阿部さんは私から母子手帳と出生証明書を受け取ると、あっさりと病室を出ていった。赤ちゃんをあやすその横顔は、意外なほどにデレていた。怒りに満ちた阿部さんの心が、我が子に向き合うときだけはどうか、癒されますようにと、私は玄関口で見送りながら思った。

雄二さんが亡くなったのは、それから数日後のことだった。空いた506号室に、新しい患者さんを迎える準備をするようにと、松澤さんに指示されて私はそのことを知った。

阿部さんは、退院後すぐに赤ちゃんを連れて雄二さんを訪ねてきたらしい。ゆうくん、ほら、ゆうくんの子だよ。言ったとおり、男の子だよ。そう語りかけながら、雄二さんの動かない手に赤ちゃんを抱かせていたという。

あの子は、よく泣く子だったから。きっと、雄二さんの腕の中でも、元気に声をはりあげただろう。阿部さんも、最後の瞬間まで雄二さんに語りかけていたに違いない。

私は想像する。角膜保護のテープの隙間から流れる、雄二さんの涙。きっと、聞こえていた。脳がどんなに深刻なダメージを受けていたとしても、雄二さんの心には、愛する人たちの声が届いていた。少なくとも阿部さんには、そうだと信じていてほしかった。

6

夏が終わりかけていたその日、陽介さんの提案で私たちは、由比産婦人科の外壁をペンキで塗った。

「なんかお礼がしたいんですよ。先生にはめちゃくちゃ世話になったから！」

そう言って、作業用のペンキを入れた大きなボックスを運び入れた陽介さんは、由比先生に勢いよく迫った。

「なんだか申し訳ないな。それに世話になったたって、まだ生まれてないですし」

「生まれちゃったら、こんなん塗ってる暇ないじゃないですか！　俺、二十四時間体制で育児やるつもりなんで！」

「でもなあ……」

ためらう先生の背中を押してしまったのは、私だ。学校帰りにそのままバイトに直行した私は、玄関で問答している二人を見て、つい「やりたい！」と声をあげてしまったのだ。

「塗り絵じゃないんだから」

と望月さんは呆れていたけれど、由比先生は観念したように両手をあげた。

「ではお任せします。青田さんも、やっていいよ」

「やったあ！　望月さんもやりますか？」

「ええ？　いいよ、私は」

「なんだか楽しそうねえ」

榊さんに付き添われて、真知子さんがやってくる。だいぶ大きくなったお腹を抱えて、歩くのも大変そうだ。

もうすぐ、生まれる。

以前はそのことが、ただただ楽しみで仕方がなかった。だけどいま、私は知っている。信じていたもの、当たり前だったものが、突然奪われてしまうことがある。そういう理不尽が、この世の中では簡単に起きてしまうのだと。

――それでも私は生きていかなきゃならない。

怒りと悲しみに満ちた、阿部さんの涙。

あれもまたこの世でこの子たちを待ち受ける、生のひとつなのだ。

「あーちょっとまーちゃん、何してるの！」

大きなお腹を抱えながら、真知子さんはしゃがみこんで、塗り終えた壁のすみっこに何かを描いている。いたずらが見つかった子供のように、真知子さんは照れ笑いをした。

「えへへー、かわいくない？」

「だめだよ、落書きしちゃ」

「落書きじゃないよ、イラストだよ」

「おんなじじゃん！」

真知子さんが陽介さんに注意されるなんて、いつもと逆だ。だけどそんな二人がすごく微笑ましくて、見守る全員の表情が緩んでいた。

この世に生まれてくるって、あんがい大変だ。だけどそれでも、こういう長閑《のどか》で幸せな瞬間は訪れる。きっと、誰のもとにも。私は刷毛を握ったまま真知子さんに駆け寄った。ニワトリのあとを慕って歩くひよこの姿が、そこには描かれていた。

第四章

町田真知子が亡くなったのは、その翌週のことだった。

港南医大付属病院、手術室横の説明室に控えていた夫の陽介は、何が何だかわからないというように薄笑いを浮かべていた。目の前で起きている現実が信じられず、受け止めきれず、どんな顔をするのが正しいか判断しかねているのだろう。

由比が部屋に入ると陽介ははじかれたように立ち上がり、混乱と焦り、そして怒りがないまぜになった瞳を向けた。

「先生。まーちゃんは」

「……おかけください」

由比は努めて冷静に言った。

「いま、別の先生がきて残念ですって。ねえ先生、俺、頭わるいからよくわかんないんだ。残念って、どういうこと？」

「ご説明いたします」

答えたのは、和田塚《わだづか》だった。港南医大付属病院の医師で、由比のかつての同僚だ。こんな形で再び肩を並べることになるとは、やるせない。

――先生にはめちゃくちゃ世話になったから！

無邪気に笑って陽介がクリニックの外壁を塗りなおしてくれたときのことが不意に思い出された。ベースは薄ピンク。縁どりや窓周辺の色は変えてくれたおかげで、カラフルで目にするだけで気分が明るくなると患者からも評判だった。縁取りする場所には色がはみださないようにマスキングテープをきっちり張って、歪みのないその直線と、何日もかけて丁寧に色を重ねていくその仕事ぶりは、陽介の誠実さと堅実さを表していると由比は思った。二十四時間体制で育児するつもりだから、という宣言がただのお調子でないことも伝わった。

「出産の際、真知子さんの子宮は収縮が悪くて多量の出血がありました」

生まれたばかりの女の子を抱いて、やっと会えた、と真知子が顔をほころばせたのはつい数時間前のことだ。お産に立ち会った陽介は男泣きにくれていた。まーちゃん、よくがんばったね。お疲れさま、ありがとう。そう言いたかったのだろうが、どれも言葉になっていなかった。まあ、があ、あうう、と嗚咽をもらす陽介に真知子は「先に泣かれちゃったら泣けないよ」と笑った。大役を果たした母のたくましさを感じる笑顔だった。

「さらにお腹の中の血管が切れて、こちらもかなりの出血量になりました」

容体が急変したのはそのわずか三十分ほどあとだ。子宮のやわらかさに気づいた由比は、アトニンを点滴に入れるよう指示を出した。気持ち悪さと左わき腹の痛みを訴えはじめた真知子の血圧は静かに、だが確実に下がっていった。手を尽くしたが原因がはっきりせず、やがて意識レベルも低下。自発呼吸が弱まり輸血の手配をかけたが、出血は止まらなかった。やがて救急車が到着し、連絡していた港南医大付属病院へと搬送されたが。

「こちらの病院で緊急手術を行いましたが、出血している場所が脆《もろ》くなっていたため、縫って止めることができませんでした。なんとか手を尽くしてもらったのですが、低下していた血圧が回復せず……亡くなりました」

陽介は目元を痙攣させながら、目の前の二人の医師、由比と和田塚を交互に見た。

「このようなことになってしまって、残念です」

「……嘘だあ」

由比は頭を下げるしかなかった。

「待ってよ。……ちょっと待って、先生。……まーちゃん、死んだってこと？」

「……はい」

「だってさっきまで元気だったじゃん。元気に……赤ちゃん産んだだけでしょ？それなのに」

放心状態で陽介は、椅子の背にもたれて宙をあおぐ。

「そんな……嘘だよ、まーちゃん……」

赤ちゃんを産んだだけ。——そのとおりだ。だが、予期しないことはいつでも起きる。阿部さおりの夫が、盲腸の手術をしただけで命を落としてしまったように。

わかっていてもこんな瞬間が訪れるのは、いつだって身を引き裂かれるほど、つらい。由比は口元をきつく結んだ。

1

お産から数日たって、赤ちゃんを引きとるために陽介さんはクリニックを訪れた。陽介さんのお母さんと、それから弁護士の先生を連れて。

赤ちゃんにはまだ、名前がなかった。新生児室のネームプレートには《町田真知子さんベビー　女児　2850グラム》とだけ書かれていた。そろそろ名前考えなきゃなあと真知子さんは言っていた。私の名前をきれいだと言ってくれた真知子さん。どんな名前をつけるつもりだったのだろう。

お母さんに赤ちゃんを預け、陽介さんは退院のための書類をソファに座って記入していた。待合室ではなく説明室か院長室のほうへ、と望月さんがうながしたけれど、弁護士さんが拒否した。今日は挨拶だけですから、と言って私たちを見定めるようにその場にいた看護師全員をじろりと見据えた。

「こちらは刑事告訴を検討しています」

弁護士さんが言うと、耳をそばだてていた妊婦さんたちが息をのむ。新聞にも載ったし、うちは地域密着型のクリニックだから、情報はあっというまに広がり共有されていく。部屋から何人かの患者さんが顔をのぞかせ、廊下からこちらをうかがっているのがわかった。

「母体死亡なんてあっちゃいけないことだ。こちらが無知なのをいいことに真実が闇に葬られちゃ、真知子さんもご遺族もたまったものじゃありません」

鋭い視線が由比先生に向けられる。でも刑事告訴、という言葉に動揺したのは私たちだけで、由比先生は微動だにせずいつものように背筋をぴんと伸ばしていた。

わかりました、と簡潔に答え、かたくなに先生を見ようとしない陽介さんのほうを向く。

陽介さんは書類を置いて、立ち上がった。

「納得できないんすよ」

その目は充血している。

「なあ、先生。なんでまーちゃんが死ななきゃなんなかったんだよ？　わかるように説明してくれよ」

「真知子さんは、子宮の収縮が悪いために弛緩出血という状態になり、その後、後腹膜の出血もくわわって」

「それは何回も聞いたよ！　そうじゃねえよ！」

陽介さんが由比先生の胸倉をつかみあげ、壁に押しつけた。その拍子に鉢に足が引っかかり、観葉植物が大きな音をたてて倒れる。患者さんたちの悲鳴があがる。

「なんかできることがあったんじゃねえのかって言ってんだよ！　検査は？　あんだけしょっちゅう検査しててなんで腹が切れやすいとかわかんねえんだよ。でかい病院にだってもっと早く運んでくれれば、まーちゃんは死なずに済んだんじゃねえの!?　なあ！　あんたらがちんたらサボってっからまーちゃんは死んだんじゃねえのかよ！」

「町田さん。それ以上やると暴行罪になりますから」

引きはがしたのは、弁護士さんだった。由比先生は、陽介さんの青白く頬のこけた顔をただじっと見返していた。受け止めることでしか謝罪できないとでもいうように。

「先生。なんでなんも言わねえの」

「本当に申し訳ありませんでした」

「……そんだけ？」

陽介さんはうなだれ、洟《はな》をする。涙はなかった。もう涸れ果ててしまったというように、呆然と床を見つめていた。

——誰も悪くないんだってさ。

阿部さんと同じだ、と私は思った。

——こんな思いを抱えたまんま、それでも私は生きていかなきゃならないのよ。誰を責めることもできずに！

納得できるはずがない。手術にミスは一つもなくて、どうしようもなかったなんて言われても。

玄関口を出たところで陽介さんはふと、脇に置かれた塗料の山を目にした。陽介さんの仕事道具が入ったボックスもそのままだ。陽介さんは虚ろに視線を彷徨《さまよ》わせ、やがて壁に描かれたニワトリとひよこの絵に焦点が定まった。

「なんで……」

がくん、と陽介さんの膝が折れた。

外壁に貼られた注意書きが風になびく。《作業は明日終わります。においが気になるかた、ごメイワクをおかけしてすみません！》の文字は陽介さんのものだ。迷惑、の字は何度書いても正しく書けなくて、しょうがないなと呆れる真知子さんに陽介さんは「カタカナでいっか！」と笑っていた。急に仕事が忙しくなった陽介さんは、縁取りだけはお産までに塗りあげることができなくて、退院するまでにはやっちゃいますからね、と頭をかいていた。

あの朗らかな笑顔が私たちに向けられることはきっともう、二度とない。この縁取りが彩られることも。

「なんでだよおっ！」

陽介さんは叫ぶと、ボックスを両手でつかんで思いきり投げつけた。続けざまに蹴飛ばされた塗料の缶は壁にあたってひしゃげ、桜色だね、とみんなで塗った一面に無秩序に色が飛び散る。張り紙を乱暴にはがして何度も踏みつけると、陽介さんは壁に両拳をあてて、獣《けもの》が吠えるような声をあげた。

その痛ましい叫びに驚いたのか、赤ちゃんが泣いて、お母さんが体を揺らす。陽介さんの耳にも届いたのか振り返り、赤ちゃんを見て、鼻の横がぴくぴく動いた。

陽介、とお母さんが呼びかける。黙ってうなずくと、陽介さんはお母さんと赤ちゃんと肩を寄せ合いながら、その場を立ち去った。姿が見えなくなるまで頭を下げ続けることしか、私たちにできることはなかった。

ナースステーションに戻る前に、私はスタッフルームに駆け込んだ。テーブルのまんなかに置かれたタッパーには、真知子さんが差し入れてくれたサーターアンダギーがまだたくさん残っている。私は迷わずそれをとって口に入れた。食べきる前にひとつ、またひとつ。口の中がぱんぱんに膨らんで、水分がもっていかれて、咽喉はからからだったけれどそれでも食べ続けた。

「青田さん、なにして……」

入ってきた望月さんに答えようとして、私はむせた。胸をたたきながらお茶を飲むと、目じりに涙がにじんだ。

「食べないと、悪いから」

「……そっか。そうね」

望月さんも隣に座って、ひとつ手にとった。

「おいしいね」

「……はい。すごくおいしいです」

いまでも、ストレッチャーで運ばれていく真知子さんの姿が脳裏に焼きついて、ふとした瞬間によみがえる。見たことのない、おびただしいほどの出血で、由比先生の手袋と分娩台は染まっていた。足元にも滴り落ちて、行きかうたくさんの足跡が刻印されていた。由比先生と真知子さんが行ってしまうと、望月さんは無表情に捨てられた手袋を拾い上げた。血で固まっていたそれは、はがすときに、ぺり、と乾いた音がした。

タッパーに添えられた真知子さんのメモを私は見やる。

《いつも多くてすみません。食べてもらえるとうれしいです。まちこ》

花柄だったり、ウサギ柄だったり。真知子さんはいつもかわいいメモ用紙に、流れるような美しい文字でメッセージを添えてくれた。私は先ほど拾った陽介さんの貼り紙をポケットからとりだし、その隣に並べた。

真知子さんの隣で陽介さんが、笑顔を歪めて泣いているように見えた。

2

妊娠38週、既往歴なし。検診中のエコー、血液検査も異状なし。自然陣痛《じんつう》により分娩開始。12時08分、女児2850グラムを娩出《べんしゅつ》。12時23分、胎盤娩出。子宮収縮が悪く、12時28分、出血量600ミリリットルで弛緩出血と診断――。

プロジェクターの画面に、町田真知子の出産経過が時系列で映し出される。港南医大付属病院と合同カンファレンスを行うのは、訴訟に備えるためだけでなく、今後二度と同じことが起こらないよう原因究明するためでもあった。

かつての恩師であり今は産科部長の岩坂《いわさか》が、一字一句読み漏らすまいとするように画面を睨みつけている。

「これを見る限り、輸血開始および回復後の処置も適切だな。消防によれば、由比産婦人科からの搬送時間も平均より速かった」

「残念ですが、今回の母体死亡は避けられなかったケースと言えると思います」

引き継いだのは和田塚だ。

自分の処置に間違いはなかったと由比は思う。だがそれがわかったからといって、由比の心が晴れるわけではない。間違いがなかったのならなぜ、とやりきれなさに押しつぶされるのは遺族だけではなかった。

「……しかし本当に、母体死亡は悔しいね」

岩坂のつぶやきに、全員が同意の沈黙を放つ。

「日本における周産期の死亡率は世界トップクラスの低さを誇っている、にもかかわらず、母体死亡はそこまで抑えられていない。町田さんのように、どこで産んだとしても助けられないケースもあるだろうが、いずれ分娩だけは総合病院に集約すべきなんじゃないかな。……これは私の個人的意見ですけどね」

最後のセリフは由比に向けられていた。和田塚はうなずきながら、由比を横目で気遣いつつ続ける。

「でもまあ、実際すべての分娩を受け入れたら病院の産科はパンクしますよ」

「もちろん、地域の産科医が第一線で踏ん張ってくれてるから成り立っているのは確かだし、素直に尊敬もしていますよ」

「ありがとうございます。私たち開業医には私たちなりの、妊産婦の方々に提供できるメリットがあると考えて日々やっています。ただ……」

もっと早く運んでくれれば。陽介の訴えが胸を貫く。搬送時間が平均より速かったとはいえ、最初からここで分娩を行っていれば死は避けられたのではないかという忸怩《じくじ》たる思いが由比にはある。

「それが命以上のものかと問われると、今は返す言葉が見つかりません」

今回のことをきっかけに、すでに八人の妊婦が転院していた。みな申し訳なさそうにしていたが、できる限り不安とストレスを取り除いた状態で出産したいと思うのは当然だ。

何の問題もなくお産を終えた母親が、その数時間後に死んでしまう。これだけ医療が発達した今でも産科の現場では起こりうることで、そのリスクと自分たちは常に隣り合わせであるということを、由比は改めて思い知っていた。

3

十月に入り、秋の風が吹き始めたころ、陽介さんの弁護士から、告訴をとりさげるという連絡が入った。

「どうして……あんなに怒っていたのに」

「そもそもうちにも港南医大にも法的な過失はないからね。裁判やっても勝ち目はないって判断したんじゃないかな」

榊さんが慣れない手つきでワープロのキーボードをたたきながら教えてくれる。肩越しに覗きこむと、分娩時の緊急事態に対応する新しい看護マニュアルをつくっているようだった。由比先生が医大病院と事実確認を進めるのと並行して、私たちもまた、現場の目でカンファレンスを行っていた。その記録が打ち込まれている。

「違いますよ。カタカナに変換するのは、右のキー」

「え、どれ？」

望月さんに指摘されて、榊さんは目を細める。

「……陽介さん、大丈夫でしょうか」

怒りの矛先を失って、今はどうしているのだろう。怒って、怒って、それでも怒りたりなかった阿部さんと同じように、孤独に圧《お》し潰されかけていないだろうか。

望月さんは首を振った。

「納得できないだろうね。変な気を起こさなきゃいいけど」

「変な気……」

「榊さん。だから、違いますって。改行はそっちの……ああもう、貸してください。私が打ちますから」

「いいわよ。悪いから」

「そんなにのんびり打ってたら、マニュアルできる前にまた何か起きますよ」

苛立ちを隠しきれずに放った一言に、誰よりはっとしたのは望月さん自身だった。

「……すみません。言いすぎました」

「どのみち今後もワープロを使う機会は増えていくでしょうしね。慣れておかないと。だいじょうぶ、明日までにはちゃんと終わらせるから」

なんてことない口調で返す榊さんの脇に積まれた資料の、いちばん上には「直接産科的死亡」と書かれている。死亡、という文字を見ると今でも胸が痛む。町田さんが亡くなったあと、榊さんは誰よりはやく、町田さんの身に何が起きたのか把握できる限りの事実を資料にまとめていた。その正確さと量には由比先生も感嘆を漏らしていた。その資料を片手に私たちはカンファレンスを行った。自分たちに何ができたのか、何度も何度も、話し合った。そのすべてを今、榊さんはまとめているのだ。

悔いは、誰の心にも残っている。だけど医療に携わる人間は、その悔いを次に生かさなくちゃいけない。悲しみにくれるよりも先に。そのことを私は榊さんに教えてもらった。

立ち直れない人も、いた。

看護師の川井さんは、カンファレンスを進めるにつれてどんどん表情をなくしていった。突然えずいてうずくまると、涙目になりながら「辞めさせてください」と頭を下げた。町田さんが亡くなって以来、ろくにごはんも食べられていなかったという川井さんの、決定打となったのは生理がきたことだった。

「看護師としてとか、そういうの全部超えて……自分の血を見たらなんかもう、無理だ、って。どうしても」

申し訳ありません、とうなだれる川井さんを責めることなんて誰にもできなかった。あのときの光景を思い出すだけで心が揺れてしまうのは、私も、たぶん望月さんも、みんな一緒だ。それでも私が辞めないのはただ、まだ無理じゃない、というだけのことだった。

「木村《きむら》さんをはじめ、ここで産むって言ってくれている患者さんもいるし。私たちは私たちに今できることをやらないとね」

榊さんの言葉に、私と望月さんは深くうなずいた。


陽介さんと再会したのは、それから間もなくのことだ。

夕方から風雨が激しくなって、ビニール傘がひっくり返りそうになった私は、通りがかりの薬局に飛び込んだ。バイトが終わったあと、うっかりスタッフルームでうたた寝してしまったことが悔やまれた。すぐに帰っていれば巻き込まれることもなかったのに。

水溜まりを踏んだせいでスニーカーにも雨が染みて、スカートのプリーツはのびきっていた。替えのスカートはクリーニングに出しているから、家についたらすぐにアイロンをかけないといけない。めんどくさいなあ、とうんざりしていたとき、店内に見知った顔を見かけたのだ。

抱っこひもをつけて赤ちゃんを前に抱え、陽介さんは店員さんと一緒に棚を物色していた。私は陳列棚の陰に隠れ、様子をうかがった。赤ちゃんの首はまだ据わっていないようだけれど、最後に見たときよりずいぶん大きくなっていた。生まれてのときは陽介さんに似ていたけれど、今はどんな顔をしているのだろう。

見つかる前に、雨に濡れてでも店を出たほうがよかったのかもしれない。だけどどうしても、目がそらせなかった。

「ううん。これじゃなかったような……あの、ピンクの箱なんですけど」

「これもオムツかぶれ用のクリームなんですけど……他に似たものはないから、うちでは扱ってない商品かもしれませんねえ」

あ、と私は閃《ひらめ》いて、とある棚に駆け寄った。退院後に必要なものをあらかじめ揃えておきたいと、真知子さんは私たちの使っている商品を購入してバッグに詰めていた。目的の箱を見つけると、私はとぼとぼと棚をあとにする陽介さんに近づく。

「あの……これだと思います。クリームじゃなくてローションタイプで」

顔がわからないよう、うつむき加減で差し出すと、陽介さんはほっとしたように受け取ってくれた。

「ああ、そうだ、これだ。名前をメモしてくるの忘れちゃって……」

「よかったです。それじゃあ」

「あ、ちょっと待って。……アオちゃん！」

そのまま立ち去ろうとした私に、陽介さんが声をかける。……バレてた。おずおずと振り返ると、陽介さんは苦笑いしていた。

「わかるよ。ペンキ塗ったときに、制服も見てるし」

「……ご無沙汰してます」

陽介さんの顔に、怒りはなかった。最後に会ったときはこけていた頬も、ほんの少しではあるけれど膨らみを取り戻している。けれど目の下にはクマができて、寝不足のせいか、やつれてはいた。怒る気力もないくらい疲れているということだろうか。

「帰るの？」

「え、ああ……はい」

「だったら送るよ。俺、車だから」

「そんな、大丈夫です。近いですから」

「近いならなおさら、遠慮しないで。ずいぶん、ずぶ濡れだし。ほら、傘がひっくり返ってる人もいる。あぶないよ」

「いやほんとに。大丈夫ですから。あの、失礼します！」

そんな図々しいことはできないと、私は急ぎ足で店を出た。けれど陽介さんの言ったとおり風はますます強まっていて、私が傘をさした瞬間、裏向きにひっくり返って骨が折れる。

「……ほらね？」

と陽介さんは吹き出して、赤ちゃんの顔に雨がかからないようタオルをかけた。

後部座席のベビーシートに赤ちゃんをすわらせると、陽介さんは私に、助手席に乗るよううながした。——そこは、真知子さんの指定席だ。検診のたび迎えにくる陽介さんと乗っていたワンボックスカー。そこに座る気にはなれなくて、私は後部座席、赤ちゃんの隣に乗り込んだ。

「狭いでしょ。前に乗ればいいのに」

「いえ……あの、赤ちゃんに会うのも久しぶりですし」

陽介とは対照的に、ぷっくりふくらんだ赤ちゃんの顔は血色がいい。大事にされているのは一目でわかる。

「みづきっていうんだ」

「名前、ですか？」

「うん。美しい月で、美月。まーちゃんの第一候補だったから」

「かわいいですね」

「名前だけじゃなくて、全部かわいいよ。毎日、元気すぎるほど元気なおてんば娘」

笑うと、痩せたせいか目の端に以前にはなかった皺が寄った。

「陽介さんは元気ですか。って、そんなわけ、ないでしょうけど……」

「元気だよ。美月もいるし、落ち込んでばかりいられない」

「ひとりで子育てしているんですか？　ご両親と一緒に住んだりとかは……」

聞いたのは、ふだん誰かが後部座席に乗っている形跡がないからだ。足元には仕事道具、美月ちゃんを泣かせないようにするためか、大きなクマのぬいぐるみも転がっている。

「うちの実家、田舎で農家やってるから。忙しいんだよね」

「真知子さんのお母さんは……」

「まーちゃんの家族は、沖縄のおばあだけ。だから俺が、一人で頑張るしかない」

「そうですか……」

どうやって会話を続ければいいかわからなくて、私は口をつぐんだ。窓にあたる雨が音楽のように聞こえるのか、美月ちゃんは音にあわせてあきゃきゃと両手をふりあげ、唇のはしからよだれを垂らす。ポケットからとりだしたティッシュで拭おうとすると、美月ちゃんははしっと私の指をつかんだ。そのぬくもりに、たまらなくなって私はうつむいてしまう。

「……あの壁、あのままなんです。ニワトリも、ひよこも」

そろそろ塗りなおしたほうがいいわよ、と患者さんからは言われていた。飛び散った塗料は真知子さんの死を象徴しているようで、不穏な気持ちになるだろう。わかっていたけれど私たちには手を出せなかった。

ああ、と陽介さんは思い出すようにうなずいた。

「まーちゃん、意外とセンスださいんだよね」

「いつか塗りにきてもらえませんか、続き」

「行けないよ。先生にあんなこと言っちゃったし」

「先生だってわかってます。来てくれたら喜ぶと思います」

「そうかな」

「そうですよ！　……陽介さんの怒りはまだ収まらないかもしれないですけど」

「……そうでもないけど」

と、力なく陽介さんは答え、車を止めた。いつのまにかアパートの前についていた。お礼を言ってすぐに降りるべきなのかもしれない。だけど私の胸は妙にざわめいていた。

どんなにやつれていても、怒っていたころの陽介さんは元気だった。だけど今は、どこからか空気が抜けてしぼんでいるみたいに見える。それに。

助手席におかれた薬局のビニール袋の中に、思いもよらないものが見えていた。ビニールのロープ。ずいぶんと長い。

――変な気を起こさなきゃいいけど。

望月さんの言葉がよみがえり、私は息をのむ。そんな私に気づかず陽介さんは続ける。

「子育てってめちゃくちゃ疲れるんだよね。だからもう、怒る余裕もないっていうか。原因がどうとか真実がどうとか、わかったところで……まーちゃんが生き返るわけじゃないし。だからもうどうでも……」

「ダメです!!」

私は声をはりあげ、運転席の背中をつかんだ。びくっと陽介さんは体を震わせてふりかえる。

「え、なに？」

「ダメです、こんなの！　絶対にダメ！」

私は袋からロープを引っ張り出した。

「陽介さん、死のうと思ってるんですよね!?　いくらつらくてもそれは……それだけは絶対にダメです！」

呆気にとられたように陽介さんはまじまじと私を見返した。

「いや……そんなこと全然考えてないけど……」

「え……？」

そのとき、窓をノックする音がして、私と陽介さんは同時に外を見た。そこにはだいぶ弱まった雨の中、傘をさして立つお母さんの姿があった。

「もう、びっくりしたわよ。車のなかで何か言い争ってるし、赤ちゃんはいるし。てっきりアオイが不倫でもしでかしたかと」

お母さんはお湯をわかして、キッチンで哺乳瓶にミルクをつくってくれた。その手際のよさに驚いていると「なによ、私だって経験者よ」と照れかくしか唇をとがらせる。……そうか、お母さんは私を産んだ人なんだ、とあたりまえのことがなぜか胸に響く。

「やーん、かわいい。いいにおい〜。なつかしい〜！」

お母さんは美月ちゃんを抱っこして頬ずりする。

「気にならないなら、ミルクあげて寝かしつけてあげるわよ。なにか話があるんでしょう？」

「あ、いえ。はい……助かります」

「……すみません、陽介さん。なんかむりやり」

「いや……ミルクのお湯、助かった。それにゆっくりコーヒー飲むなんて久しぶりだから……」

お母さんが襖《ふすま》をへだてた隣の部屋にひっこむと、陽介さんは淹《い》れたてのコーヒーに口をつけた。もわっと湯気がたって陽介さんの冷えた顔をあたためる。

「俺が死ぬと思ったの？」

一息ついたのか、陽介さんは吹き出した。

「あれはただの、洗濯用のロープ。美月の肌着を部屋干しするのにちょうどいいと思って買ったんだ。ほら、ここんとこずっと雨だったから」

「ごめんなさい。私、てっきり……」

「いや。心配してくれたんだよね。でも大丈夫。ありがとう」

陽介さんは、お母さんが用意してくれたクッキーを一枚つまんだ。

「……実際さ、死ぬ暇なんてないんだよ」

と、美月ちゃんの消えた奥を見やる。

「ミルクやっておむつ替えて、やっと寝たと思ったらすぐに起きて泣くし、そのあいだに風呂だ散歩だって気づいたら一日が終わってる。美月が生まれる前は、二十四時間体制で育児するなんて言ってたけど、それがどんなに大変なことか、俺、わかってなかったんだよな」

陽介さんの指先には、気づかなかったけれどいくつかの絆創膏《ばんそうこう》があった。最初は、うまくできなかったのかもしれない。お湯をわかしすぎて火傷してしまったり、寝不足でぼうっとすることが増えたせいで怪我をしてしまったり。

「死にたくたって死なせてもらえないんだ。赤ん坊が一緒にいると」

コーヒーを一気に飲み干すと、ごちそうさま、と陽介さんは手をあわせて立ち上がった。

「すみません、そろそろ失礼します」

「あら、もういいの？　まだ眠ってないけど」

「ええ。ミルクだけでもすごく助かりました。ありがとうございます」

「さみしいなあ。赤ちゃんって独特の癒しの力があるよねえ。また大変だったらいつでも連れてきていいからね」

お母さんは、見たことのない紅潮を頬にのせて、名残惜しそうに美月ちゃんの顔を覗き込んだ。

「でもま、パパの腕の中がやっぱりいいよね」

「美月ー。よかったな、ミルクもらって。帰るぞー」

お母さんから美月ちゃんを、陽介さんは抱き受け、口元のよだれを指でぬぐってあげた。目元を和らげながら慈しみの眼差しを注ぐ陽介さんの手つきがあまりによどみなくて私は驚いた。生まれたばかりのときは、どうすればいいのと慌てふためき、私たちに助けを求めるばかりだったから。

よどみないのは、助けを求める相手がいなかったからだ。隣に真知子さんが、いないから。

ぐっとこみあげるものを感じた私が思い出したのは、鞄《かばん》にしまいこんだメモだった。とりだして、美月ちゃんを抱えながら器用に靴をはく陽介さんに渡す。

「これ、陽介さんが書いた貼り紙です。それからこっちは、真知子さんのメモ。真知子さん、差し入れのたびにかわいいメモを添えてくれて」

いぶかしげに陽介さんは、その二枚を受け取った。

「私、すごくいいなって思ったんです。こういうのって習慣だから、お二人はきっと家でもこうやって気持ちを伝えあっているんだろうなって。すれ違う日があっても、これがあればいつでも繋がっていられるんだ……って」

陽介さんは黙って真知子さんの書いたメモを見た。やがて表情が険しくなって、目も口も鼻もすべてがぎゅっと中央に寄る。

泣きそうにも見えたけど、涙はこぼれなかった。やがて深い息を吸って、陽介さんは私に微笑んだ。

「気持ちなんてそんなたいそうなもんじゃないよ。指示っつーか……命令？　まーちゃん、部屋にもメモばっか貼るんだよね。俺が忘れっぽくてなんでもすぐ間違えるから。で、俺も書くようになっちゃった。それだけ」

「それでもやっぱり……気持ち、だと思います」

「そっかな。……これ、もらっていいの？」

「はい。もちろん」

「……ときどきさ。見えるんだ、まーちゃんのメモ」

メモを折りたたんでポケットに入れると、不意に陽介さんは遠い目をした。

「部屋のあちこちに。あるはずないのになんでかな。見えるときがある」

答えられずにその続きを待っていると陽介さんは、なんてね、と笑った。

雨はすっかりやんでいた。車まで送ろうとする私たちを押しとどめ、陽介さんが出ていくと、やがてぽつりとお母さんは言った。

「あったかもしれないね。……死のうとしたこと」

はっと顔をあげるとお母さんは、私を向かずにただ陽介さんのいなくなったドアの先を見つめていた。

「でも大丈夫よ。彼、しっかりしてるから。美月ちゃんがいればきっと、大丈夫」

そう言ってお母さんはリビングに戻っていく。

私は衝動的に、外に出た。陽介さんのワンボックスカーが走り出して、夜の闇に消えていく。

死にたくても死なせてもらえない。そう、陽介さんは言った。お母さんの言うとおり、あったのかもしれない。死のうとしたことが。

怒っても、怒っても、怒り足りなくて。

大学病院も由比先生も、誰も悪くないなんて言われて、気持ちのやり場がどこにもなくて。いつもだったらそんなとき、隣で真知子さんが慰めてくれたのに。大変だけど頑張ろうよと励ましてくれた真知子さんはもういない。誰を責めても、どんなに泣いても、戻ってこない。もう一度会うためには自分も死ぬしかない、そんなふうに追い詰められたことが、ないとは言えない。

見えるような気がした。ドアノブに、真知子さんがいつも肩からかけていた麻のスカーフをくくりつける陽介さんが。輪っかをつくって首を入れれば、あとはもう力を抜くだけだ。だけど。

だけどそのとき、聞こえたはずだ。美月ちゃんの泣き声が。

私も最初はそうだったからわかる。かわいそうだから、大切な子だから、ということ以前に、あまりに激しく泣くから無視できないのだ。泣くことでしか誰かを求められない、赤ちゃんの切実な声。どんなに忙しくても疲れていても、わかったよ、どうしたの、とつい抱き上げてしまう。

次寝たら、死のう。次ミルクをやったら。次おむつを替えたら。

そうやって美月ちゃんに生かされているうち、朦朧《もうろう》とした意識の中で陽介さんは見たのかもしれない。ミルクのお湯が熱かったら冷水に哺乳瓶ごとつけるといいよ。おしりは前から後ろにふいてあげてね。添い寝は危ないからぜったいダメ。そそっかしい陽介さんを助けるために真知子さんが書いた、生きていたら書いたかもしれないメモを。

——いい、陽介くん。赤ちゃんは繊細なんだからね。ちょっとした油断も禁物なんだから。

入院中、真知子さんが陽介さんに語りかけるのを何度か見かけた。赤ちゃんが生まれたらどうすればいいのか、陽介さんはみずから積極的に聞いて、細かくメモをとっていた。そのときの、言葉が。これまで二人が通い合わせてきたメモの、気持ちの、一つひとつがメモの姿を借りて、陽介さんの目の前に浮かんできたんじゃないだろうか。

疲れたら無理しないでね。泣いてても寝たっていいし、つらければ陽介くんが泣いてもいいよ。でも、死んだら絶対にだめ。美月と一緒に、陽介くんは生きてね。この子にはあなたしかいないんだから。

そして気づく。目の前の小さな子が、生きるよるべとして自分だけを求めていることを。あば、あだ、とつたない声を発しながら、手をのばす美月ちゃんを陽介さんはきっと抱きしめたはずだ。真知子さんのぶんも、強く。

……妄想の、しすぎかもしれない。だけどきっと、陽介さんは受け取った。真知子さんの愛を。美月ちゃんの慕う心を。二人の想いが陽介さんをこの世に踏みとどまらせた。

だからきっと、大丈夫。陽介さんは大丈夫なんだ。

私が車が見えなくなったあともずっと、陽介さんの瘦せた横顔と美月ちゃんのぷっくりした頰を反芻《はんすう》していた。

ふと気づくと、鈴虫の声が遠くに聞こえた。——もう、秋だ。

4

壁を、塗ることにした。

陽介さんの置いていった刷毛《はけ》を手に、残された縁取りを白く丁寧に塗っていく。だけど散らばった塗料のあとはそのままにしておこうと思った。通りがかった由比先生にそれを伝えると、いいと思う、と賛成してくれた。

「悪いね、助かるよ」

「暇ですから。赤ちゃんもいないし」

何人かは継続して通ってくれているとはいえ、入院患者は今のところゼロだ。新生児室もからっぽ。だけどきっと、またすぐ誰かが訪れる。新しい命がここで生まれる。そのとき、私たちが立ち止まったままではいけない。

「私、陽介さんに会ったんです」

縁取りをはみ出さないように塗るのはむずかしい。私は壁に視線を集中させながら、先生に伝えた。

「……元気だった？」

「元気ではなかったです。すっごい疲れてましたし、声も小さくて。前みたいには笑うこともなかったですし」

「……そう」

「でも赤ちゃん……美月ちゃんのことはすごく優しい顔で見守っていて、パパの顔になってました。抱っこもお世話もすごく上手になってて、前よりも頼もしくなってたっていうか。美月ちゃんがいるから、ですよね」

二度塗りはだめだよ、ムラになるからね。そう言っていた陽介さんの言葉を思い出して私は直線を塗り上げる。

よし、と額の汗をぬぐって壁を見る。陽介さんほど上手ではないし、どこか不格好な気がするけれど、それでいい気がした。今は。

「真知子さんはここで死んでしまったけど、美月ちゃんはここで生まれた。……ここって、そういう場所なんですよね」

「そうだね。……怖くなった？」

「怖いというか……私にはわからないんです。命って、なんなのか。生まれることも、消えてしまうことも、何もわからない。ここで働いていれば少しはわかるようになるかと思っていたけど」

さっき、ナースステーションで望月さんが榊さんに言っていた。仕事が怖いなんて思わない。やれることをやるだけだから。でも自分が産むことを考えると怖い。産科にいる時間が長くなればなるほど、怖くなる、と。

聞いてはいけないことを聞いた気がして、私は静かにその場を立ち去った。望月さんほど私はこの仕事に慣れていない。赤ちゃんを産みたい、と思ったことのない私は、望月さんのような恐れはないけれど、命のあまりのあっけなさに恐怖を感じないといえば嘘になる。だけど、……だから。

「わからないから……知りたいと思います。もっと、ここで」

「……そう」

先生はしゃがみこんで、ニワトリとひよこの絵に触れた。いつもの感情を見せない、淡白な横顔。だけど先生もきっと思い出しているのだろう。楽しそうに絵を描いていた真知子さんの姿を。

「残りは僕も一緒に塗ろうかな」

「え。私、やりますよ」

「いいんだよ、暇だから。どうせなら縁取りもさ、白一色にしないで緑とか赤とかいろいろ変えてみたら散らばった塗料も生かされるんじゃない。なんていうか、サイケデリックな感じで」

「……サイケデリック」

「派手ってこと」

先生は立ち上がると、予定にはなかった黄色を刷毛につけた。ためらいのないその姿を見て、私も刷毛を替えて緑の塗料で壁に線を引いた。たしかにずいぶん、派手だ。私と先生はいたずらを仕掛ける子供のように、視線を交わして笑う。

いつか陽介さんが、美月ちゃんと一緒に続きを塗りに来てくれるかもしれない。
そのときこの壁を見て笑ってくれたらいいなと、私は思った。

第五章

——わからないんです。命って、なんなのか。

——生まれることも、消えてしまうことも、何も。

由比の耳に残っているのは、壁塗りをしていた青田アオイの言葉だった。朴訥《ぼくとつ》としていて、マイペースで、ぼんやりしていることも多いし、正直ちょっと変わっている。けれど彼女の看護に対する姿勢はいつだって真摯《しんし》だと由比は思っていた。抜けも多いけれど、わからないことはそのままにしておかず、必ず誰かに聞いている。聞いたことはどんなに些細なことでもメモをする。

何事も真正面から受け止めようとする彼女の瞳が、採用を決めたいちばんの理由だった。技術も、手際も、徐々に慣れていけばいい。大切なのはここで何かを学びとろうとする心構え、学んだことを看護に、未来に、生かそうとする姿勢だ。

そう、思っていた。最近までは。

机上には一冊のブックレットが置かれている。《分娩時異常出血の緊急対応マニュアル（最新）》とテープの貼られたそれは榊が慣れないワープロと格闘しながら夜通し作成してくれたものだ。由比は椅子の背にもたれかかって宙を仰いだ。白熱電球が切れかけているのか、明かりがわずかに揺らいでいる。替え時か、とわかっていてもなんだか腰が重かった。

時計が一時を指そうとしている。午後の診療がはじまる時間だ。

充血した目をしばたたき、鼻の頭を強くつまむ。今日は、原口美歩《はらぐちみほ》という妊婦が立ち合い希望の家族をつれて分娩室を見学に来ると言っていた。ほかに予定はないから楽だが、診療が終われば港南医大付属病院で勉強会。去年から周産期医療が国の支援を受けられるようになったのをきっかけに、岩坂は地域の緊急搬送システムを作ろうとしている。町田真知子の死がきっかけという本意ではない再会だったが、手伝いに誘われたのはありがたいことだった。

だがそのぶん、由比の睡眠時間は削られていく。ただでさえ産科医は昼夜を問わない職業だ。クリニックと大学病院を往復し、患者のことだけでなく岩坂の手伝いまで請け負っていては休む間があろうはずもなかった。由比がゆうべから院長室に泊まり込んで資料をめくっていたことに気づいた榊には、今日くらいは大学病院へは寄らず家に帰れと言われていた。由比のプライベートにも働き方にも口出ししたことのない彼女が言うのだから、よほど思いつめた表情をしていたのだろう。

たしかに由比は、疲れていた。だからつい、弱気な言葉を口にしてしまった。

「母体死亡をなくしたい。……なくすのは無理でも、限りなくゼロに近づけるためには、少なくとも分娩は設備の整った総合病院でやるべきなのかもしれませんね」

それは岩坂のそばで大病院の現場をまのあたりにするにつれ、どこかで感じていたことだった。榊は顔色を変えた。

「うちみたいな小さな産院では、赤ちゃんはとりあげないほうがいいってことですか？」

「実際、この規模では、町田さんのようなケースが発生した場合、できることには限界があります。最初から総合病院で産んでいれば少なくとも町田さんは助かったかもしれない」

間違ったことを言っているだろうか、と由比は自問する。己の理想と願望にとらわれることのない冷静な判断のような気もしていた。けれど榊はいからせた肩をおろすことはなかった。

「たしかに産科は安全に産ませることが第一です。……でも、お産ってそれだけじゃないですよね」

榊は責めるように、由比を見返した。

「出産は人の人生を変える。だから一人ひとりに納得いくまで関わりたい。産む前、産んだ後、ご家族のその後の人生を見守る責任すらあるんじゃないか。……先生が言ったことですよ？」

由比は口元を歪めた。あのとき由比の信念を若い理想と断じた榊がいま、十年の時を経て、同じ言葉で自分を説得しようとしていた。いまの由比はあのときの榊のように、それを青くさい情熱としか思えないのに。

——よどみに浮かぶうたかたは、かつ消えかつ結びて、久しくとどまりたるためしなし。不意に浮かんだのは方丈記の一節だった。人の命は簡単に生まれては消えていく。一介の産科医の望みなど軽々と超えて。

僕もわからないよ、青田さん。と、由比は独りごちた。

1

あとをつけられていることに、私、アオイはすぐに気づいた。役所へのお使いの帰り、封筒に入れた書類を抱えて、すこし足早になる。そうするとうしろの人影もまた、同じように歩みを早める。

ふつうだったら走って逃げだすか、人の多いスーパーにでも駆け込んだだろう。だけど私のあとをついてくるのは、小さな男の子だった。たぶん十歳くらいの、小学生。

「ねえ、なに？」

私は意を決して振り向き、男の子に話しかける。

前髪を短く切りそろえ、やんちゃな顔立ちをしたその子は、虚《きよ》をつかれたように一瞬、立ち止まった。そして私のほうこそ不審者だと言いたげな視線を向ける。

「なにって、なに」

「だってずっと、ついてくるから」

「ついてってねーし。そっちが前、歩いてるだけだし」

生意気な物言いに少しむっとするけれど、勘違いならしかたない。ふたたび歩き出した私は、けれど、背中に妙な威圧を感じずにはいられなかった。だってなんだか、……近い。どんどん距離が迫っている。

私はわざと立ち止まった。すると男の子も、私のぴったりうしろで止まる。

「……先、行けば？」

「うるさいな。俺の勝手だろ」

「あのね、きみ。初めて会った人に話すときはもう少し礼儀正しくした方がいいよ。こっちは大人なんだし」

「大人？」

男の子は鼻を鳴らした。

「お前、いくつだよ。十五？」

「お前って！　十七だけど！」

「やっぱ子供じゃん。大人ぶんなよ」

少しむっとする、レベルではなかった。首根っこつかんで、このクソガキ！　と怒鳴りつけてやりたい衝動に駆られるくらいにはむかついた。けれどここで同じレベルに落ちてはそれこそ子供だ。私は深呼吸する。

「それで？　なんでついてくるの？」

「だからついてってないって。行くとこが同じなだけ」

「行くとこ？」

ん、と男の子があごでしゃくったのは私の手にしていた封筒だった。クリニックの妊婦さん？　いやいや、まさか。冷静に考えれば妊婦さんのご家族だけど、いま入院しているのは初産の妊婦さんばかりだし、看護師さんでこんなに大きなお子さんを持っている人は確かいないはず。

——あ。

ひらめいたのはきのうの仕事終わり、スタッフルームでの会話だった。

「結婚するなら同業者がいいよ。普通のサラリーマンに看護師の仕事は絶対に理解してもらえないから。ほんと失敗したよ」と、夜勤明けに喧嘩したらしい望月さんが旦那さんの愚痴《ぐち》を言っていた。

「でもここじゃ出会いもないし」と唇を尖《とが》らせたのは、二十五歳になったばかりだという野原さんだ。そうだよねえ、と女だらけのクリニックを見まわしたあと、望月さんはこう言った。

「まあ、由比先生も顔はいいけどバツイチだしね」

それだけでも驚きだったのに、そのあとベテラン看護師の山村さんが、おせんべいを食べながら言ったのだ。

「なんかお子さんもいるって聞いたけど。男の子だっけ？」

「そうなの!?」

と驚きの声をあげたのは私じゃなくて望月さんだ。ずいぶん前に離婚して、お子さんにも全然会えてないとかって聞いたけど、なんて本当かどうかわからない噂話に興じているうち、夕飯の時間が迫ってしまい、私はあわててクリニックを飛び出した。

――もしかして、この子が？

なんだよ、とわずらわしそうに私の視線を振り払おうとするその男の子を、凝視する。言われてみればすっと通った鼻筋も長いまつ毛も先生に似ていないことはないけれど。

男の子と先生との共通点を見出そうと、今度は私が、男の子に顔をぐっと近づけた。

2

あの子は元気だろうか、と由比は想いを馳せる。椅子のやわらかい背もたれに身体をうずめているうち、とろとろと眠気が襲ってきた。榊が呼びにくるまではいいだろう、と目を閉じて浮かんだのは理想に燃えていたころの記憶だ。

１９８６年。上野動物園では国内初の繁殖に成功したジャイアントパンダのトントンが生まれ、男女雇用機会均等法が施行され、時代は少しずつバブル景気の波にのまれはじめていたその年。港南医大付属病院で産科医として働いていた由比の前に現れたのが北野真理《きたのまり》――十四歳の妊婦だった。

肌寒さの残る春の日だった。

「どうして妊娠なんて」とハンカチを握りしめて泣いていたのは四十歳を過ぎた母親のほうで、当の本人はあっけらかんとしたものだった。

「ママ、もう泣かないでよ。喜んでくれると思ったのに」

あまりの無邪気さに由比も、由比の担当看護師だった榊も、目を見開いた。

「いつも勉強していい大学入って結婚しろって言ってるでしょ？　結婚が先になっただけだよ。喜んでよ、ママ」

北野真理は、小学生といわれても納得してしまいそうなあどけなさを残していた。艶《つや》の光るまっすぐで長い黒髪、純真な輝きを宿した大きな瞳。頬は外で舞う桜のように薄紅色《うすべにいろ》に紅潮している。美少女、というよりも、かわいらしい無垢な少女だ。結婚という言葉にはおよそそぐわない。

だからこそ由比の胸は痛んだ。この少女は本気で妊娠を喜び、本気で結婚しようと思っている。もちろん時期を待てば不可能な話ではない、が。

「なに言ってるの、あなた自分の年がわかってるの」

母の弘子《ひろこ》は今にも卒倒しそうだった。

「できるわけないじゃない、結婚なんて！」

「知ってるよ。法律上は十六になってから、でしょ？　大丈夫。ナオキくんもそれまで待ってくれるから。赤ちゃんのことを言ったらすごく喜んでて、うちにも挨拶

「来てくれるって」

「来るわけないでしょう!?　連絡先も教えない人が!!　少女漫画の世界とはわけが違うの。真理、いいかげん目を醒まして！」

「ナオキくんは来るよ。真理と一生一緒にいるって約束してくれたから。いま会いに来られないのも出張だから仕方のないことだし」

真理に母の言葉は届いていないようだった。きょとんとしたまま、なぜ母が泣き、自分が怒られているのかわからないというように小首を傾げている。

「あの、とにかく一度お相手の方と相談して……」

由比が口を挟むと、母親の弘子は再び嗚咽した。

「相談も何も……わからないんです。連絡先も、家も、何もかも。どこの誰なのかさえ……！」

「大学教授だから忙しいの。でも大丈夫だよ。いつもナオキくんから連絡してくれるから」

「大学教授？　写真とか、ない？」

榊が顔色を変えたのは、この近辺で大学教授といえば港南医大の所属である可能性が高いからだろう。万が一それが本当なら、一大スキャンダルだ。だがそれ以前に、顔さえわかれば情報をたどって身元を探ることができるかもしれない。

「あります。これ」

真理は鞄から手帳をとりだし、榊に渡した。その表紙に貼ってある写真を見て、榊は母親の絶望を悟ったらしかった。

「すっごく頭がいいの。だからすぐ教授になったんだって」

言葉もなく、由比にも手帳が渡される。写真は色とりどりのシールで囲まれていた。よほど大事に想っているのだろうことが一目でわかる。写真のなかで、襟足を伸ばし脱色した頭にサングラスをかけ、大きく胸元を開いたシャツからシルバーのネックレスを覗かせた男が、並びの悪い歯を見せて笑っていた。肩を抱き寄せられた真理のはにかんだ微笑みとはひどく対照的だ。「TLUE LOVE」と書かれた雑な文字が哀しかった。

「……Rですよね。真実の愛は」

そんなことしか、言えなかった。「Rですね」と応じた榊も、ため息をかみ殺している。

「塾の帰りに会ったの。ナオキくんね、一目見て運命だってわかったんだって」

「……そう。真理さんは産むつもりなんですか？」

「はい、もちろん！」

弘子は言葉もないというように娘の横顔を見つめている。

「赤ちゃんを産むのはあなたですから、決めるのもあなたです」

「先生、そんな……！」

「でもあなたは未成年で経済力もない。赤ちゃんを育てていくためには周りの人の協力が必要です」

焦る弘子を遮って、由比は真理だけを見据えた。真理は声を弾ませた。

「大丈夫です。ナオキくんがいるから。二人で育てていきます！」

「……そうですか。では次回、必ずナオキさんと一緒に診察にきてください。約束ですよ」

「はい！」

疑いのない表情で真理はうなずく。彼女の脳内に広がっているのは明るく幸せな未来だけだ。母親の言うとおり、少女漫画のように煌めきだけで彩られた。

弘子の瞳はいつのまにか乾いていた。頰には何本もの、涙のあとが残っている。真理だけ先に退出してもらうと、弘子は堰《せき》を切ったように語りだした。

「わたしの育て方が悪かったんです。失敗しないように、傷つかないようにってなんでも先回りして。勉強はよくできるんですよ。まじめだし。でも夢見がちってい
うか、世の中を知らない子にしてしまって……勉強ばかりさせすぎたのもよくなかったのかもしれません。わたしが……わたしが悪かったんです……」

涸れたはずの涙がふたたび泉から湧き出て、弘子は両手で顔を覆った。お母さんのせいじゃありませんよ、と由比は毅然と声を張る。

「悪いのは真理さんを騙した男です。お母さんじゃありません」

「……でも」

「これをお渡ししておきます」

弘子に差し出したのは、人工妊娠中絶手術の同意書だった。これがいちばん現実的な未来だと由比は思った。

「手術をすることもできます。相手の男性と連絡がつかなければご両親の署名でも大丈夫ですが、本人の同意だけはとってください。たとえ未成年でも」

弘子は受け取った紙をぼんやり眺めている。

「ご家族でよく話し合われて、どうするか決めてください」

「……それは、真理を説得しろということですよね」

気の抜けたような声で、弘子は問う。

「先生も手術すべきだと思ってるんですよね？」

「……え」

「当然ですよね。……わかりました。主人もまじえて相談します」

弘子の切り返しは由比にとって想定外のものだった。弘子もそうすべきだと思っていたから泣いていた、のではないのか？

ありがとうございました、とつぶやいて弘子は立ち上がる。見送る背中は来たときよりもさらに小さくなったように由比には見えた。

3

「一緒に行く？」

と迷ったすえ私は男の子に聞いた。

「うしろをぴったり歩かれるより、隣にいてくれたほうがまだすっきりする」

「そっちがそうしたいならいいけど」

男の子はあくまでも、生意気を貫きとおす。怒ったら負け。私は大人。心の中で自分に言い聞かせる。

「そういえばきみ、名前は？」

「人に名前を聞くときはまず自分からだろ」

「……私はアオイ」

「俺は明《あきら》。……なあ、アオイ。ちょっと聞きたいんだけど」

いきなり呼び捨て!?　と面食らったけれど私はにっこり微笑む。まだ子供なんだから。それに先生の息子かもしれないんだから。

「率直に言って、そこの院長先生ってどんな人？」

「……率直に言って？」

「包み隠さず教えてくれよってこと」

いやそれはわかっているけれど。

「ええっと……」

私はうなった。改めて考えたこともなかった。由比先生がどんな人か、なんて。

「……優しいよ。すごく」

「それ褒めるところのない男に言うセリフだろ」

「そんなことないよ。妊婦さんにはいつも真剣に向き合ってるし。一人ひとりの診療時間もすごく長いの」

「ただ仕事が遅いだけじゃん」

「ちがうよ！」

なんて言い草だろう。自分のお父さんに向かって。……でもしばらく会ってないなら、仕方ないのかな。

先生の息子だと決まったわけじゃないのに、私はすっかりそのつもりになっていた。明くんに先生のいいところを教えてあげなきゃ、と妙な使命感に駆られる。

「先生は、丁寧なの。誰のどんな言葉も、いいかげんには聞かない。私のことだってそう」

由比先生はめったに自分の意見を言わない。患者さんの悩みにも、怒りや不安にも、ただじっと耳を傾けるだけだ。だけどそれは、先生が誰より誠実だからなんじゃないかと私は思った。向き合う人の気持ちを尊重しているから、簡単に、自分の意見で終わりを見つけたりはしない。

昔からそうだったんだろうか、とふと思う。

先生はいつから、先生だったんだろう？

4

一週間後の検診に、ナオキはやはり来なかった。由比は小さくため息をつく。

真理の風貌はずいぶんと様変わりしていた。ぼさぼさの髪は一つにひっつめていて、瞳はよどんで力なく沈んでいる。頰は青白く、少し痩せたようにも見えた。けれどナオキとの写真が貼られた手帳は今日も抱えている。先週は気づかなかったけれど、鞄から顔を覗かせているのは少女漫画だろうか。星の浮かんだ瞳で、男女が手をとりあっている。弘子が言っていた。真理の部屋を片づけていたら、教師と生徒が恋をして世間の反対を押し切って結婚する、そんな設定の漫画がいくつか出てきたと。

くだらない、と断じるのは簡単だろう。だが、ひそかに憧れていたシチュエーションに、よく似た現実が目の前に現れたら。心が動かない保証は、誰にもない。

「お前は騙されたんだ！　大人しく手術を受けなさい。今すぐ！」

「いや！　絶対に堕ろさない！　だって来るもん。ナオキくんは絶対に来るから！」

「お前はいつまで馬鹿なことを……！」

「馬鹿じゃない。ナオキくんは来る。私はこの子を産んで幸せになるの！」

血相を変えた父親と、中絶を拒否する真理はどちらも頑なに態度を変えようとはせず、由比は弘子だけを残して話を聞くことにした。榊とは別の看護師が、苛立った様子で顔を覗かせたのは気づいていた。一人の患者に時間をかけすぎだ、と言いたいのだろう。和田塚からも、時間の使いかたを考えた方がいい、と忠告を受けたばかりだ。それでもこの家族を、とおりいっぺんの診察で放置する気にはなれなかった。

夫が自分以上に感情をあらわにしていたからだろうか。弘子は初診のときよりは冷静だった。

「このあいだ、悪いのは妊娠させた男で私じゃないって言ってくださいましたよね。……でも私、やっぱり自分のせいだって思ってしまうんです」

そう言って、膝の上でハンカチを握りしめる。

「あの子、あのとおり幼くて一人じゃ何もできない。お友達にも馬鹿にされてて、学校になじめていないんです。たぶん真理は、恋愛すれば大人になれるとか認めてもらえるとか考えたんじゃないでしょうか。だとしたら、そんなふうにしたのはやっぱり私だって……」

「そういう側面もあるかもしれません。ですが、お母さんのその考えが、すでに真理さんの自立を阻《はば》んでいるように私には見えます」

きっと弘子は由比を見た。言いすぎた、とその目を見て思った。

「申し訳ありません。ですぎたことを申し上げました」

「いえ……たしかに………ほんと、そうですね……」

ゆらゆらと、弘子の瞳が揺れる。

「夫は、薬で眠らせてでも堕ろさせろって言うんです。気持ちはわかります。そうすれば……今なら、何もなかったことにできる。でも……そんなことをしたらわたし、また真理の選択を奪うことになるんじゃないかって。自分で決めて自分でなんとかしようとする、その小さな芽を……あの子の自我を摘みとってしまうんじゃないか、そう思うんです……」

「……真理さんの身体を考えると、あまり時間がありません。ですが、……お母さんがそういうお考えなら、もう少し一緒に話し合ってみましょうか」

由比の言葉に、弘子はうなずいた。ありがとうございます、と下げた頭の下から聞こえた言葉は先週よりもずっと力強いもので、彼女のしぼんだ身体がふくらみを取り戻したように由比には見えた。


由比が指導医の岩坂に呼び出されたのは、その直後だった。

「由比先生は、医者が一人の患者に割《さ》く時間は長いほうがいいと思っていませんか」

思い違いをたしなめる、厳しい声音だった。

「一人にかける時間が短いのは悪いことではなく、むしろ良いことなんですよ。そのぶん君の診察を受けられる妊婦さんが増える。結果的にきみの医者としての社会への貢献度は高くなる」

「わかっています」

「高度医療はチームワークです。患者の精神衛生や生活環境のケアは専門家に任せなさい。北野真理さんのケースも、ソーシャルワーカーにお願いしたらどうですか。一人でも多く安全に分娩を行う、それがこの大学病院での君の仕事ですよ」

「……考えます」とだけ残して医局をあとにすると、入れ違いにやってきたのは和田塚だった。どうやら聞いていたらしい。お前の悪い癖だな、と言いたげに肩を叩かれる。

「十四歳だろ？　わりきって中絶の方向に話を持っていけよ。こっちは医学的知識もあるわけだしさ」

「情報は全部伝える。ただ結論は本人たちが話し合って決めるべきだと思う。時間はまだあるから、なんとかするさ」

岩坂も和田塚も、間違ったことは言っていない。それも一つの、医師としてのありかただ。けれどだからといって、彼らとは対極にある自分も間違っているとは、由比には思えなかった。

その想いを強くしたのは数日後。

産みなさい、と弘子が真理に告げたときだった。

5

「うさんくせーの」

と、明くんは言った。

私が何を言っても、最初から由比先生のことを認めるつもりがないように見えた。不機嫌そうにぶすくれて、私を置いてずんずん前に行く。道、わからないんじゃないの？　私はあわてて追いかけた。このあたりは意外と路地が入り組んでいる。慣れていない人はすぐに迷ってしまう。

「先生に会いにきたの？」

「べっつに」

「先生とはどんな関係？　もしかして……もしかしてだけど、きみ、先生の」

「うるさいなあ。どうだっていいだろ。ああもう、聞かなきゃよかった」

苛立ちを募らせる明くんのポケットで、ピピピ、と電子音が鳴る。とりだされたのはポケベルだった。すごい。私も持ってないのに。

「……母ちゃんだ」

明くんと一緒に画面を覗きこむ。《エキニツイタ　ドコニイル》と浮かび上がっている。

「お母さんとはぐれたの？　駅だったら私もわかるよ。一緒に行く？」

「だからうるせえって。いいの。どうせ母ちゃんも、行き先は同じなんだから。えーと電話、電話……あった」

コンビニの前の公衆電話に目をつけると明くんは走り出した。常備しているのか、ポケットから十円玉だけが入った袋をとりだす。慣れた手つきで数字をすばやく押していく。

「なんて打ったの？」

「先に行く、って」

「もしかして……お母さんより先に、先生に会いたいの？」

うるせえ、ともう一度悪態をつくと明くんはまたも先へ行ってしまう。そのとき吐き出すようにつぶやくのが聞こえて、私は息をのんだ。

ヨリ戻すとか、冗談じゃねえ。

明くんは確かにそう言った。やっぱりあの子は、由比先生の息子さんなんだ。

6

「みんな、堕ろすのが当たり前って思ってるんでしょ」

真理から虚ろな表情は消えていた。けれど意地になったように、歯をくいしばり、世界中のすべてが敵というように自分をとりかこむ全員を睨みつけていた。

「どうせ育てられない。なかったことにしてやるのが一番いいって。でもほんとに？　赤ちゃんが殺されることが本当に幸せなの？」

「そんな言い方をするな。お前のためを思って言ってるんだろう！」

「嘘。恥ずかしいって思ってるだけのくせに。パパは、私がパパの望むいい子じゃなくなったのがむかつくだけだよ！」

それは八つ当たりに近かった。けれど真実でもあったのだろう。北野浩輔《こうすけ》は痛いところを突かれたというように黙り込む。ほらやっぱり！　と涙のまじった声で真理は吠えるが、悪い父親ではないと由比は思った。娘の気持ちよりも自分の体面を重んじている自分を、恥じる気持ちを彼はもっている。

「パパもママも本当は私のことなんて考えてない。パパは面倒がいやなだけ。ママは大人しくて勉強ができる、自慢の娘がほしいだけ。ちがう!?」

浩輔は顔を真っ赤にしていた。

「それが私のため？　ちがうよ。私は赤ちゃんと一緒に、大好きな人と一生愛し合って生きていくの。それが私の幸せなの！」

「あ、愛って……お前、まだそんな夢みたいなことを！」

ナオキのことを思い出したのか、浩輔に怒りが舞い戻ってくる。

「いいか、その男は絶対に戻ってこない。二度とお前の前には現れない。お前は捨てられたんだ！」

「ちがう、ちがう！　なんでそんなひどいこと言うの！」

うわあああん、と幼稚園児のように泣き出した真理に、榊が寄り添う。背中を撫でられ、しゃくりあげている娘を、浩輔は苦虫を嚙み潰したように見据えていた。その怒りは誰に向いているのだろう。親の気持ちを理解しない娘にか、それとも、ことここに至っても娘の心をとらえて放さない男にか。

　前回の繰り返しになるだけか、と思われた喧騒のなかで、弘子だけが静かだった。わめく娘をどこか見定めるように、見下ろしている。

「……真理。泣くのをやめなさい。本当に母親になる気があるのなら」

　これまで聞いたことのない、ぴしゃりとした口調に全員が静まり返る。もちろん真理も、だ。ぽかんと口を開けて、大粒の涙を目に浮かべたまま弘子を見る。

「ママ……？」

「そこまで言うなら、産みなさい。ママはもう反対しない」

「おまっ……、お前、何を言っているんだ！」

「もう散々話したわ。それでも気が変わらない、絶対に産むというなら思うようにしたらいい。その代わり、出産して生活が落ち着いたら子育てしながらもう一度勉強して、必ず高校に行きなさい。それができるって約束するなら、産んでもいい」

「だからお前、自分が何を言っているのかわかってて」

「あなたは黙って」

淡々と告げて、弘子は机の上に置かれた同意書を手にとる。弘子と浩輔、どちらのサインも記入済みで、あとは真理の同意を得るだけだった。それをためらう様子もなく、弘子は縦に思いきり引き裂く。

「これはもういらないわね。……先生、産むからにはどうすればいいのか、説明していただけますか」

わかりました、と答えるよりほか、由比にできることはなかった。

弘子の威厳にただただ圧倒されるばかりだった。


初夏の日差しが厳しくなるころ、真理は無事、安定期に入った。濡らしたおそろいの手拭《てぬぐ》いを首に巻いて、真理と弘子はそろって診察にやってきた。

「安定期に入りましたけど、真理さんは骨盤がまだ小さいので早産の心配があります。無理はさせないようにしてあげてくださいね」

弘子と目が合ったのは、つい習慣で、大事なことは彼女に伝えるようにしていたからだろう。弱々しく泣き崩れていた初診のころが嘘のようにどっしりと落ち着きを取り戻した弘子は、由比の視線をきっぱりと拒絶した。

「先生、それは真理に言ってください。次の検診から、わたしはもう来ませんから」

「え？　なんで、ママ……」

「あとはあなたが一人でやりなさい。赤ちゃんのために何をすればいいか、先生と相談しながら、自分で考えて行動するの」

「うん……わかった」

有無を言わせない母の口調に、うなずいたものの真理は不安そうだった。反対に弘子は、明るい活力に満ちていた。

「わたし、今すっごく忙しいんですよ。パートを始めたんです。お金がないと始まらないでしょ？　夫は今でも、お前が産んでいいなんて言ったからってぐちぐち嫌味を言ってくるし。だったら私が稼いでやるわよって啖呵《たんか》切っちゃったんです」

「大事なことです。経済的な負担は、避けられませんから」

真理の額にじんわり汗がにじんでいるのは、冷房の効きが弱いせいだけではないだろう。弘子は固く握られた娘の拳に、自分の手のひらを重ねた。

「いい、真理。お金のことはママがなんとかしてあげる。だけど産むのはあなたよ。身体のことは、自分できちんと管理するの」

「……うん」

「あなたが赤ちゃんを守るの。今度は真理が、ママになるの。わかるわね」

ママ、とつぶやいて真理は母の顔を見返す。

わかった、と返す彼女の表情には、母の強さがわずかばかり伝染していた。


四ヵ月後、冬が来る前に北野真理は元気な男の子を出産した。陣痛の苦しみに真理がどれだけ暴れても、分娩室でママと叫ぶ声がどれだけ聞こえても、母の弘子は決して立ち会わなかった。むしろ父の浩輔のほうが、娘の悲鳴が響くたび、いてもたってもいられないというように足を揺らしていた。

顔をしわくちゃにして泣く小さな赤ちゃんをその胸に抱いたとき、浩輔は涙をこぼした。

「……ごめんな。こんなにかわいい子を俺は殺せって言ってたんだな」

洟をすすりながら何度も、かわいい、かわいい、と口元を緩ませていた。

「今は鼻がぺちゃんこだけど、大丈夫。真理もそうだった。だけど今はこんなに高くて、きれいなんだから。な、そうだよな」

「ええ。そうだったわね。……思い出すわね」

弘子は瞳を潤ませて、真理の手を強くにぎる。

「おめでとう、真理。ひとりでよく頑張ったわね」

「……ママ、パパ。ありがとう……」

涙ぐむ真理の横顔には、ただ感情を爆発させていたあの頃とは違う強さが宿っていた。きっとこの家族は大丈夫だろうと、由比は榊と微笑みをかわしあった。

まさかひと月もたたずに弘子が亡くなってしまうとは、思いもせずに。


風が窓を荒々しく揺らす音がして、由比は目を覚ました。すっかり寝入ってしまっていたらしい。時計を見るとまだ二十分しか経っていなかったが、体はずいぶんと軽くなっていた。両手をあげて伸びをする。誰も呼びにこないということは、原口美歩とその家族はまだ来ていないのだろうか。

まだ少しぼんやりしている頭を振りながら、由比は院長室を出る。何やら表が騒がしかった。望月やアオイの声がする。妊婦さんに問題でも起きたのだろうかと足早に向かった由比だったが、先生！　と呼ばれたと思いきや、膝の裏に衝撃を受けてその場に崩れ落ちた。

「今頃のこのこ出てくんじゃねーよ！」

と、見知らぬ少年が鼻息荒く立っていた。

7

クリニックに近づくにつれ大人しくなっていった明くんは、やっぱりお母さんを待つと言って、玄関口に座り込んだ。そうだよね、ひとりで会うのは怖いよね、と私もつきあうことにする。やがて、今日は午後からのシフトだった望月さんが現れた。その隣には、まとめ髪にパンツスーツできりっとしたいでたちの、若い女の人が連れ立っていた。母ちゃん、と明くんがつぶやくのと、その人が明くんの名前を呼んで、鬼の形相で駆け寄ってくるのが同時だった。

「あんたねえ、先に行くってどういうことよ！　なんで約束守らないの！」

「うっせえ。そっちが遅れたんだろ！　ポケベルじゃまどろっこしーし。だからピッチ買えっつったんだよ！」

「泥まみれで遊びまわる以外やることのないガキに、ピッチなんか必要ないでしょ！」

「ガキ扱いすんな！」

「ガキでしょうよ！　仕事で遅れるかもって言ってあったんだから大人しく駅で待ってなさいよ！」

つかみかかる明くんを、お母さんは本気になって羽交《はが》い絞《じ》めする。同レベルで喧嘩している二人に、私も望月さんも呆気にとられた。見た目のイメージと全然ちがう。お母さんも子供みたいだ、と思って、実際にずいぶん若いことに気がついた。

「だいたい俺はとーちゃんなんかいらねーんだからな！」

「はあっ？　なに言ってんの、あんた！」

「ヨリ戻すとか絶対に許さねえ！　俺、帰る！」

「ちょっ、何言ってんのあんた。えっ!?」

お母さんを突き放して走り出そうとした明くんを、とっさに捕えたのは私だった。

「どうして？　だめだよ、せっかく親子三人そろうのに！」

「うるせえ、お前に関係ねえだろ！」

「意地張らないで！　先生、いい人だからきっと……！」

「先生？　え、ちょっと何、どういうこと？」

望月さんが目をぱちくりさせて言った。

「この子先生の息子さんです。わざわざ会いに来たんです！」

「はあー？」

「いえ、違うんです！　私は……」

「だから俺は会わねえって！」

「もうちょっと明、黙って！」

そのときだった、由比先生が玄関口に現れたのは。めずらしく眠たそうな目で、何が起きているのやらわからないといった顔で、私たちを見回す。そして。

「今頃のこのこ出てくんじゃねーよ！」

先生に走り寄ると、明くんは思いきりその膝の裏を蹴飛ばした。

「いてえっ」

と先生がらしからぬ悲鳴をあげて崩れ落ちると、「何やってんのよ馬鹿‼」とお母さんが明くんの首根っこをつかみ、拳《こぶし》を思いきりその脳天に振り下ろした。

……いったい、何がどうなってるの？

北野真理さん、というのが明くんのお母さんの名前だった。

「本当に申し訳ありません」

とそのまま地面にめりこんでしまうんじゃないかと思うほど、真理さんは恐縮して頭を下げている。待合室のソファにふんぞりかえって、明くんは真理さんの横でぶんむくれている。

「まぎらわしいんだよ、言い方が。どうしても会わせたい人がいるなんて言われたら誰だって勘違いするだろーが」

「そうだよね。最初から、明くんが生まれた病院の先生に会いに行くって言えばいいんだよね」

同調して何度もうなずいている私を、望月さんがねめつける。

「あんたが勝手に勘違いしたんでしょうか。関係ないのに」

「……う。すみません」

「まあ、明くんはしかたないかもね。お母さんとられちゃうって思ったのかしら？」

「そんなんじゃねえし」

望月さんの冷やかすような口調に、明くんは眉をひそめる。由比先生もそれに乗っかり、からかうように笑う。

「あのキックは相当効いたなあ。いい脚力だ」

「……ごめんなさい」

「許せなかったんだよね、今さら出てくる父親なんて。お母さんが一人で頑張ってきたの、そばで見てたから」

ふん、と明くんはそっぽを向いた。真理さんの表情から、恥ずかしさも怒りも消えている。明くんを、愛おしむように見つめている。

「何はともあれ、元気でよかった。また会えるなんて思わなかった」

榊さんも感慨に浸っている。真理さんは改めて、由比先生と榊さんに頭をさげた。

8

私がママを殺したんだ、と真理は絶叫していた。通夜の会場で、生後一ヵ月を超えたばかりの明を抱えて。

「わたしが妊娠なんかしたからママは死んじゃった。ごめんなさい、ママ。本当にごめんなさい……！」

浩輔に支えられながら、棺《ひつぎ》にすがりつく姿が痛ましかった。

雪の降りそうな冷えた朝、弘子はキッチンで倒れた。朝食の準備をしているところだった。味噌汁の鍋が湯気をあげて、ぐつぐつと煮立っていた。出汁《だし》の効いた黄金色の玉子焼きは真理の好物だった。授乳してもおむつを替えても泣きやまない明を、真理は誰の手も借りず一晩中あやし続けたけれど、起きだした母の気配に気づき、階段を降りていった。菜箸《さいばし》を握ったまま床に横たわる母は、何度声をかけても起きなかった。心筋梗塞《しんきんこうそく》だった。

妊娠中、何度となく険悪な喧嘩を繰り広げていた浩輔と真理の仲裁に入り、いわれもない中傷をあびることを恐れ、真理が人目に触れぬよう気をくばれば「やっぱり恥ずかしいんだ」と泣かれ、つわりで食の細くなった真理に食事をつくれば「こんなのいらない」と八つ当たりされた。……すべて真理が、泣きながら話してくれたことだ。私がそんなだったからお母さんは。私のせいでお母さんは。真理は自責の言葉を繰り返すばかりだった。そんなことないですよ、と言ったところでなんの慰めにもならないことはわかっていた。

真理と出会ってから一年が過ぎ去ろうとしていた。けれど桜とふたたびあいまみえるより先に、真理は由比の前から姿を消した。浩輔の実家に引っ越したらしい、と唐突に榊から聞かされた。


「ご実家ってどちらでしょう。行った先の保健所に連絡しないと」

「引き継ぎは福祉課がしたそうです」

「それから真理さんはどこか産婦人科にかかったほうがいい。小児科も」

「紹介状があれば向こうで対応してもらえますよ」

「でもあの状態じゃひきこもるかもしれない。家庭訪問も拒否するかも。保健所に事情を説明したほうがいいなら僕が電話して……いや、直接行って真理さんに」

「――先生」

切迫した様子で言いつのる由比に、榊はたしなめるような声を出す。

「患者に必要以上に関わる医者がよい医者だと、私は思いません」

それは岩坂からも和田塚からも、何度となく言われてきたセリフだった。黙認してきた榊が言うからにはよほど目に余るのだろう。わかっていても由比には、黙っていることができなかった。

「……産婦人科医は少し、違うんじゃないでしょうか」

最初から真理にも弘子にも関わらなければよかったのか？

由比にはそうは、思えない。

「出産は人の人生を変える。だから一人ひとりに納得いくまで関わりたい。まず産むか産まないかを決めるところから。安全に産ませるのは当然のこと、産む前、産んだ後、もし家庭に何かあったなら、ご家族のその後の人生を見守る責任すらあるんじゃないかって、僕は思います」

「無理ですよ。私たちが責任を負うべきは、命に関わることだけです」

榊はにべもなかった。

「……外来、はやめに切り上げてください。私が他のナースに文句言われるんですからね」

それから真理の消息を聞くことはなかった。

二度と会うことはないだろうと由比は思っていた。

それが今、目の前に彼女がいる。十年の時を経て、明を産み落としたときと同じ、秋のそよ風に吹かれながら、再び由比の目の前に現れた。

真理の勤め先は、誰でも名前を知っている大手の商社だった。

出産して生活が落ち着いたら子育てしながらもう一度勉強して、必ず高校に行きなさい。それができるって約束するなら、産んでもいい。——弘子との約束を守ったのだと、詳しく聞かなくても今の真理を見ていればわかる。

「先月、本社に転属になって、こっちに戻ってきたんです。それでやっぱり、息子に会わせたいなって……先生、独立なさっていたんですね」

「小さいクリニックですけどね」

「榊さんと今も一緒で。お二人ともにお会いできて、夢みたいです」

「よく頑張ってこられましたね」

榊に肩をなでられて、真理は首を横に振った。

「必死だっただけです。さっきも道すがら、望月さんにお話ししてたんですけどね。いま思うと馬鹿だから産めたのかなあって思うんです。私ほんとうに、なんっにもわかってなかったから」

少女漫画とカラフルな手帳を、お守りのように抱えていた幼い真理を、たぶん榊も思い起こしているに違いないと由比は思った。

「子供を産むってどういうことか、今みたいにちゃんとわかってたら、怖くて産めなかったかもしれません。だって人生変えちゃうんだもの。自分のだけじゃなくて、まわりの人生も」

――先生も手術すべきだと思ってるんですよね？

弘子が由比に問うてきたとき、何を言っているんだろうと正直、思った。弘子自身がそう思っていたから、あれほど泣いていたのではないのかと。だが今になって思う。弘子が案じていたのはただただ、娘の身の上だ。若くして子供を産んだ彼女がどれほどの苦労を背負うことになるか、ただでさえ簡単ではない子育てにどれほどの障害が立ちはだかるか、わかっていたから泣いたのだ。

「母が死んでから……もうめちゃくちゃでした。でも、母が言っていたから。今度は真理がママになるのよ、って。一人で赤ちゃんのために、何をすればいいか考えて行動しなさいって。だから」

「お母さん想いの、いい息子さんですね」

膝裏をさすりながら言うと、真理は苦笑した。

「口が達者でずけずけモノを言うから、ほんと頭に来るし毎日怒ってばかりですけど。……でもあの子、私の母が死んだことは一度も私に聞かないし、何も言ってこないんです」

真理の後悔はたぶん、和らぎはしても一生消えることはないのだろう。それはきっと、事情を知らない明にもそばにいれば伝わっているはずだった。

「私のいちばん痛いところには、触れないようにしてるんだと思います」

「あったわ」

と、榊が声をあげた。資料棚をなにやら漁《あさ》っていると思ったら、持ち出してきたのは古いアルバムだった。

「これ、見て」

多少色褪《いろあ》せてはいるけれど、そのぶん笑顔が飛び出してきそうなくらい溢れ出ている。生まれたばかりの明を抱く、十五歳の真理。その脇で娘と孫を支える弘子と浩輔。そして今より若い由比と榊もその隣に立っていた。

「ママ……笑ってる……」

苦しいこともあったかもしれない。けれど明の生まれたこの瞬間、家族にはたしかに幸せがみなぎっていた。榊はそっとうしろを向いて、真理に気づかれないよう涙をぬぐった。

「……先生。産ませてくれてありがとうございました」

深々と頭をさげられ、由比もまた、こみあげるものを感じる。けれど控えめに微笑み、アルバムから写真をはがすと真理に渡した。

「それはお母さんに伝える言葉ですよ」

そうですね、と真理は笑う。写真のなかの弘子ととてもよく似ていると、由比は思った。

真理が帰ったあと、時間より少し遅れてやってきた原口美歩が引き連れてきたのは、なんと七人の立ち合い希望者で、さすがの由比も面食らった。祖母に母親、姉とその双子の娘、妹にさらには伯母。海洋調査船に乗っているため来月まで帰れないという夫にかわり、全員で美歩を支える心積もりらしかった。

女系家族の原口家にとって男児誕生は悲願なのだと、誰より張り切っているのは祖母の美代子《みよこ》だった。婿殿、でかした！ と膝をうち、ビデオカメラを片手に何度も立ち合い出産のリハーサルをやらされた。

いくら喜ばしくてもお産はイベントではない。医療機器に触られては一大事だし、動線を邪魔されては母体にさしさわる。決まり事を厳しく、何度となく通達し、一家が帰ったときにはどっと疲れがあふれでた。当日はもう少し静かにしてくれているといいが、と思って、無理だろうなと苦笑を漏らす。これもまた、自分たちだけが提供できるメリットなのかもしれないと思いながら。

「これから大学病院ですか」

ナースステーションの前を通ると、由比は榊に見とがめられた。今日くらいは帰れ、と再三言われた心配を無視するのは心苦しかったが、十年も変わらない頑迷さがいまさらどうにかなるとは榊も思っていないだろう。その証拠に、榊はやれやれと息をつく。

「先生。わたし、先生に開業するから看護師長として来てもらいたいと言われたとき、即答したの、覚えてます？」

「ええ。わりと、嬉しかったんで」

「先生はお節介だし深入りしすぎるし、私は今でもそのやり方が正解だとは思いません」

「……厳しいな」

由比は苦笑するほかない。

「でもあのとき……真理さんのことで先生が必死になってるのを見たとき、思ったんです。もし私が妊娠したら先生みたいなお医者さんに診てもらいたいなって。……まあ、あの時点でもう遅かったんですけど」

なんと返したらいいかわからず、まごついた由比に、榊は冗談めかして目を細める。

「そこで黙らないでください」

「あ、すみません」

「とにかく。あのときの私の判断は正しかったって、改めて思いました。だって今日みたいな嬉しい日もくるんだから。十年経って、忘れたころに報われることもあるんです」

「……そうですね」

榊のいわんとすることを理解して、由比はうなずいた。

もう迷うのはよそう。

助けを必要としている妊婦がいる。手を差し伸べようとする自分を、支えてくれる人がいる。その現実を受け止めて、できることをするだけだ。

玄関口を出る。月が道を明るく照らし、昼間より冷えた木枯らしが吹いていた。

9

真理さんのお母さんは、自分がいなくなることで、真理さんを大人にしたのかもしれない、と私は思った。そんな言い方、不謹慎かもしれないけれど。

榊さんが聞かせてくれた話を何度も反芻しながら。

——ばあちゃんが死んだのは、母ちゃんのせいじゃない。

真理さんが先生たちと話しているあいだ、スタッフルームで待つ明くんは私たちにそう言った。

——だって母ちゃん、俺のこと好きだもん。世界でいちばん、俺のことが大事。いくら馬鹿でも、ガキでも、それだけはわかる。

照れ隠しなのか、ばりぼりとお煎餅を乱暴にかみ砕きながら。

——だからばあちゃんも、母ちゃんのことがいちばん大事だったと思う。好きだから頑張ったんだと思う。それで死んだとしても、ばあちゃんは母ちゃんのせいだなんて、ぜったい思わない。

真理さんの心には今も、お母さんの言葉と受けたたくさんの愛情が刻み込まれている。それが今も真理さんを、そして明くんを守り続けているのだと。

羨ましい、と思ってしまった自分に私は動揺した。

お母さんは自分のことが好きだって。世界でいちばん、大事だって。そんなことをてらいなく言えてしまう明くんが、羨ましかった。今もお母さんの愛情に包まれ続けている真理さんのことも。

私には言えない。

知っているから。そんなことは、絶対にないのだと。

私のお母さんは、……本当は、私のことが、好きではないのだから。

（下巻につづく）

本書は、ドラマ「透明なゆりかご」（原作・沖田×華　脚本・安達奈緒子）を
原案として、著者が書き下ろした小説です。

|著者|橘 もも　1984年愛知県生まれ。2000年、講談社X文庫ティーンズハート大賞佳作を受賞した『翼をください』でデビュー。著書に『それが神サマ⁉』シリーズ、『忍者だけど、OLやってます』シリーズなど。ノベライズ作品に『OVER DRIVE』『リトルウィッチアカデミア　でたらめ魔女と妖精の国』など。絵本『ピーター・パン』など翻訳も手がける。

|原作|沖田×華　1979年富山県生まれ。小学４年生の時に医師よりLD（学習障害）とADHD（注意欠陥／多動性障害）の診断を受ける。母の勧めで看護師になるために看護科のある女子高に入学。高校３年生の時に産婦人科医院でアルバイトをする。高校卒業後看護学校に通い、22歳まで看護師として病院に勤務。その後2008年漫画家としてデビュー。'14年『透明なゆりかご』連載開始。

小説《しょうせつ》　透明《とうめい》なゆりかご（上）

橘《たちばな》　もも｜原作　沖田《おきた》×華《ばっか》｜脚本　安達奈緒子《あだちなおこ》

講談社文庫
定価はカバーに
表示してあります

2018年８月10日第１刷発行

発行者——渡瀬昌彦
発行所——株式会社　講談社
東京都文京区音羽2-12-21　〒112-8001
電話　出版（03）5395-3510
　　　販売（03）5395-5817
　　　業務（03）5395-3615
Printed in Japan

デザイン—菊地信義
本文データ制作—講談社デジタル製作
印刷———大日本印刷株式会社
製本———大日本印刷株式会社

ISBN978-4-06-512562-5

講談社文庫刊行の辞

二十一世紀の到来を目睫に望みながら、われわれはいま、人類史上かつて例を見ない巨大な転換期をむかえようとしている。

世界も、日本も、激動の予兆に対する期待とおののきを内に蔵して、未知の時代に歩み入ろうとしている。このときにあたり、創業の人野間清治の「ナショナル・エデュケイター」への志を現代に甦らせようと意図して、われわれはここに古今の文芸作品はいうまでもなく、ひろく人文・社会・自然の諸科学から東西の名著を網羅する、新しい綜合文庫の発刊を決意した。

激動の転換期はまた断絶の時代である。われわれは戦後二十五年間の出版文化のありかたへの深い反省をこめて、この断絶の時代にあえて人間的な持続を求めようとする。いたずらに浮薄な商業主義のあだ花を追い求めることなく、長期にわたって良書に生命をあたえようとつとめるところにしか、今後の出版文化の真の繁栄はあり得ないと信じるからである。

同時にわれわれはこの綜合文庫の刊行を通じて、人文・社会・自然の諸科学が、結局人間の学にほかならないことを立証しようと願っている。かつて知識とは、「汝自身を知る」ことにつきていた。現代社会の瑣末な情報の氾濫のなかから、力強い知識の源泉を掘り起し、技術文明のただなかに、生きた人間の姿を復活させること。それこそわれわれの切なる希求である。

われわれは権威に盲従せず、俗流に媚びることなく、渾然一体となって日本の「草の根」をかたちづくる若く新しい世代の人々に、心をこめてこの新しい綜合文庫をおくり届けたい。それは知識の泉であるとともに感受性のふるさとであり、もっとも有機的に組織され、社会に開かれた万人のための大学をめざしている。大方の支援と協力を衷心より切望してやまない。

一九七一年七月

野間省一

講談社文芸文庫

安岡章太郎
僕の昭和史
大正天皇崩御と御大葬の記憶から始まる「僕」の昭和史――私的な体験を語り続けることを通して激動の時代の本質を捉え直した記念碑的大作。野間文芸賞受賞作。
解説=加藤典洋　年譜=鳥居邦朗
やＡ11
978-4-06-512675-2

窪川鶴次郎
東京の散歩道
昭和の変貌していく街並みの背後に静かにたたずむ遺構や、文豪ゆかりの地、作品の舞台を訪ねて明治・大正の面影を浮かび上がらせた、街歩きのための絶好の案内書。
解説=勝又　浩
くＬ1
978-4-06-512647-9